書下ろし

かすていらのきれはし

読売屋お吉甘味帖③

五十嵐佳子

祥伝社文庫

目次

登場人物

吉《きち》……主人公。菓子処《かしどころ》の女中だったが、文才を認められ、読売《よみうり》の女書き手に。
山本真二郎《やまもとしんじろう》……絵師。与力《よりき》の息子で剣の腕前もあるが、絵師として生きる。
絹《きぬ》……吉の先輩の女読売書き。吉に厳しくあたるも、仕事熱心。
光太郎《こうたろう》……読売屋風香堂《ふうかどう》の主《あるじ》。隠居予定だったが、女子向けの読売を始める。
清一郎《せいいちろう》……光太郎の息子。風香堂を継ぎ、通常の読売を手掛ける。吉らと反目《はんもく》。
すみ……絵師見習い。口入屋《くちいれや》で絵の腕を見込まれ、風香堂に雇《やと》われるが……
曲亭馬琴《きょくていばきん》……戯作者《げさくしゃ》。金糸雀《カナリア》の世話をしに吉が通ったことで、心を開くように。
民《たみ》……吉が幼い頃から働いていた菓子処・松緑苑《しょうりょくえん》の女将《おかみ》。母親のように接する。
松五郎《まつごろう》……松緑苑の元主。吉の父親が店で働いていた縁から、吉に目をかける。
上田鉄五郎《うえだてつごろう》……町奉行所同心《どうしん》。真二郎の幼馴染《おさななじ》みで、吉とも度々《たびたび》顔を合わせるように。

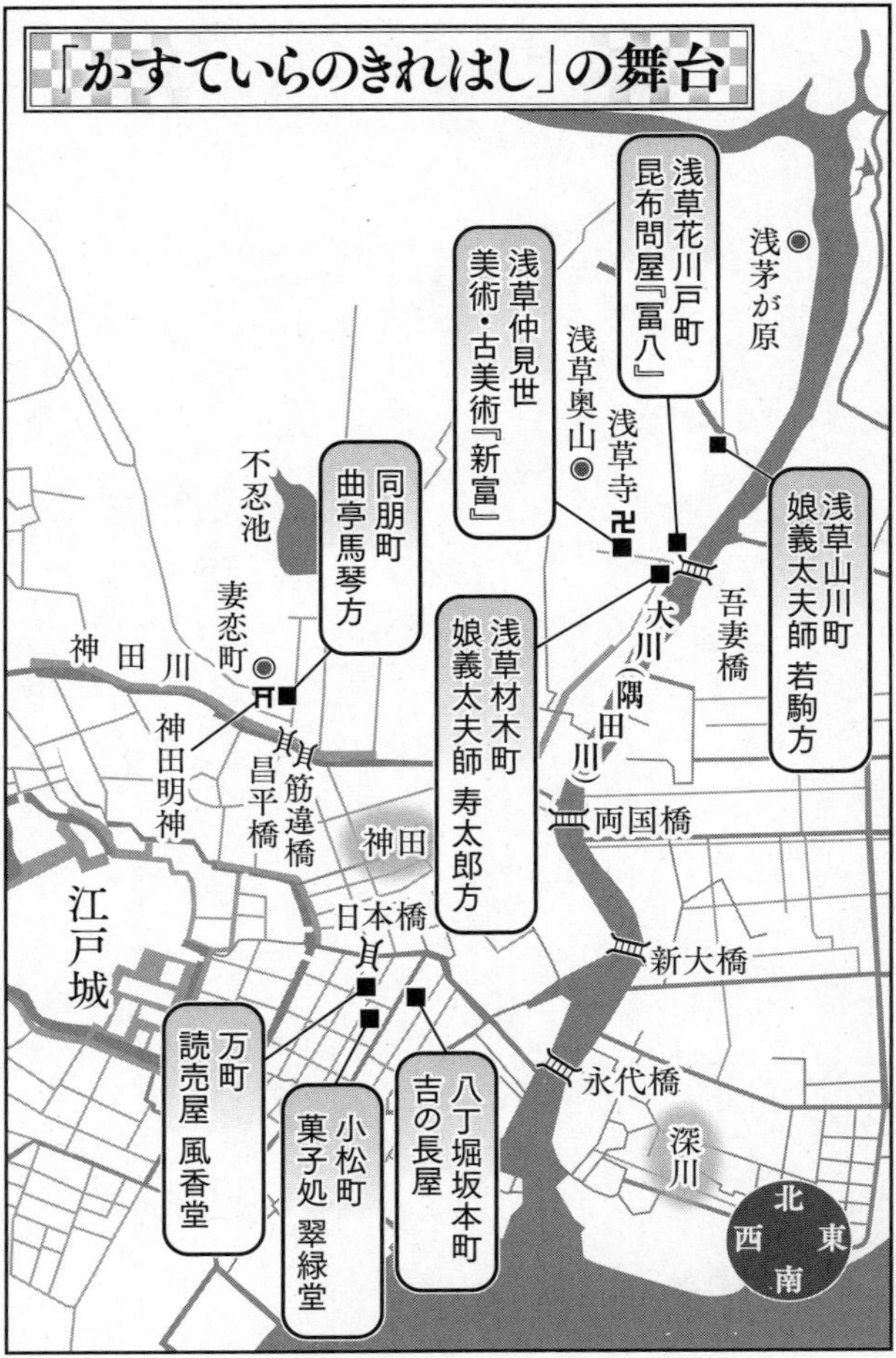
「かすていらのきれはし」の舞台
浅草花川戸町 昆布問屋『冨八』
浅茅が原
浅草仲見世 美術・古美術『新富』
浅草奥山
浅草寺
不忍池
同朋町 曲亭馬琴方
浅草山川町 娘義太夫師 若駒方
妻恋町
神田川
神田明神
昌平橋
筋違橋
浅草材木町 娘義太夫師 寿太郎方
大川（隅田川）
吾妻橋
両国橋
神田
江戸城
日本橋
新大橋
万町 読売屋 風香堂
小松町 菓子処 翠緑堂
八丁堀坂本町 吉の長屋
永代橋
深川
北
西
東
南

その一　白いカラス

今年の残暑は厳しかった。

八月の末になってようやく朝夕の風が涼しくなった。そして九月に入り、急にめっきり冷え込む日々が続いている。

吉《きち》は、菓子《かし》皿をとった。栗羊羹《くりようかん》が一切《ひとき》れ乗せられている。穏《おだ》やかな午後の日差しに照らされて、切り口が艶《つや》やかに輝いていた。ふっくら炊き上げられた小豆《あずき》、くちなし色に鮮やかに染まった栗。どちらにもとろりと蜜がにじんでいる。

硬めに練られたこしあんの生地に挑《いど》むように、少し力を込めて吉は黒文字《くろもじ》を差し入れ、一口に切り分けた。

口に含むと、和三盆《わさんぼん》の上品な甘さがふわりと広がった。

こしあんに混ぜ込まれた小豆がほろっとほぐれ、蜜漬けの栗がほくっと崩れ、それぞれの甘味がねっとりと混じり合う。

最後に黒砂糖の香りがわずかに鼻に抜けた。

「……おまえほど、うまそうに菓子を食べるもんはいねえな」

松五郎《まつごろう》がしわだらけの顔をほころばせた。

吾亦紅《われもこう》が一枝飾られた床の間を背に、胡坐《あぐら》をかいて、松五郎は吉の顔を食い入るように見ている。鶴《つる》のように痩《や》せた体に薄く綿《わた》を入れた袖《そで》なし半纏《はんてん》を羽織っているが、背はすっと伸びていた。

松五郎の女房の民《たみ》が、吉の湯飲みに茶を足した。民は太り肉《じし》で、そのせいか顔や手のしわも少なく、年齢を感じさせるのは深みのある笑みと丸髷《まるまげ》の白髪《しらが》くらいだった。

「勇吉《ゆうきち》さんとお栄《えい》さんに、吉が栗羊羹を食べているこの顔を見せたかったたね」

「ああ」

吉ははっとしてふたりを見た。

「じゃ、この栗羊羹、勇吉さんが作られたものなんですか」

松五郎がうなずく。

「よくできてんだろ」

「……てっきり、私、旦那《だんな》さんがお作りになったものかと……」

「明日から、翠緑堂《すいりょくどう》で栗羊羹を売り出すって、今朝《けさ》早く届けてくれたんだよ」

民が目元を緩める。

松五郎と民は、この皐月《さつき》の節句まで松緑苑《しょうりょくえん》という菓子処《かしどころ》を小松町《こまつちょう》で営んでいた。老舗《しにせ》の大店《おおだな》が軒《のき》を連ねる日本橋《にほんばし》通りの東側に小松町は位置している。その式《しき》部《ぶ》小路のつきあたりに、間口《まぐち》二間（約三・六メートル）の店があった。

吉が十二の時から二十五歳まで十三年間、働き続けた店でもある。

今は同じ場所に、勇吉と女房の栄が翠緑堂の看板を掲《かか》げ、順調にお得意様を増やしている。

楓《かえで》が影を作る庭から、冷たい風が吹きこんだ。民の白い後《おく》れ毛がゆれ、民はそっと襟《えり》を掻《か》き合わせ、障子《しょうじ》を閉めた。

「短い間に、すっかり塩梅《あんばい》を会得《えとく》して……勇吉さんも大《たい》したもんだ。うちのなじみのお客様も、この栗羊羹を喜んでくれるだろうよ」

松五郎が静かにいう。吉の脳裏《のうり》に、松緑苑の常連のお客たちの顔が浮かんだ。

「翠緑堂の先代の旦那さんも、きっと喜んでくださるねぇ」

民が遠い目をして続けた。

翠緑堂はかつて松五郎が菓子作りの修業をした店だった。

松五郎は八つで翠緑堂に働きに出て、菓子作りのいろはを学び、独立して松緑苑を開いたのちは、一徹《いってつ》にその味をつないできた。

恩義ある翠緑堂の主《あるじ》夫婦は、今はもういない。跡継《あとつ》ぎとなるはずだった息子・勇吉が、水茶屋《みずちゃや》の娘だった栄と駆《か》け落ちしたことに落胆して、その数年後、五十代で相次《あいつ》いで病死したからである。

しかし、先代が最後まで勇吉に店を継がせることを望んでいたのを、一番弟子《でし》だった松五郎は知っていた。そこで還暦《かんれき》になった今年、松五郎は翠緑堂を再興させたいと決意し、勇吉探しに専念するために松緑苑を閉じたのだった。

正直いえば、勇吉を探すのには何年もかかるだろうと松五郎は覚悟していた。けれど、勇吉はあっけなく見つかった。

松緑苑が閉店してから読売《よみうり》屋風香堂《ふうかどう》で新たに働きだした吉が、ひょんなことから松五郎の作る栗羊羹を思わせる味の水羊羹《みずようかん》を見つけ、それを届けたことがきっかけだった。

松五郎の作る栗羊羹は、翠緑堂の味を忠実に守っていた。そして水羊羹もまた翠緑堂の味を受け継いでいた。その水羊羹の作り手こそ勇吉だった。

勇吉は駆け落ちした後も、菓子の道を歩み、栄とともに本郷《ほんごう》で小さな店を開いてからは翠緑堂の味を伝える水羊羹を作り続けていたのである。

勇吉と松五郎は吉のおかげで再会し、松五郎は松緑苑の店を譲《ゆず》り、先代の女将《おかみ》から預かっていた由緒《ゆいしょ》ある翠緑堂の看板を手渡した。

それからの日々、松五郎は翠緑堂で学んだ菓子作りを勇吉に改めて伝えた。勇吉は、そのおかげで、翠緑堂、そして松緑苑直伝《じきでん》の菓子を、ひとつ、またひとつ、店に並べられるようになっている。

「栗がまた、本当にいい味わいで……」

また、ひと口食べ、吉はいった。

栗をたっぷりの水にひたし、一晩寝かせている様《さま》が目に浮かぶようだ。

父親が菓子職人で、幼いころから菓子作りの話を聞いて育ったからだろうか、菓子を食べると、その材料や作り方を、吉は思い浮かべることができる。

一晩、水を含ませれば、栗のかたい殻《から》が水を吸って柔らかくなる。

朝、殻から溶け出した色で赤く染まった水を捨て、栗をひとつひとつ手に取り、丁寧に水気をふきとる。

それから、鬼皮《おにかわ》をむく。鬼皮の次は、渋皮《しぶかわ》だ。渋皮がちょっとでも残ると、えぐみが出てしまうので、この作業は丁寧に、しかも栗を傷つけないように行わなければならない。縁《ふち》からむきはじめ、中央の凸凹《でこぼこ》の皮を慎重に取り除き、最後にさっと水洗いをすればこの工程は完了だ。

渋皮をむいた栗は、すばやく水につけてやる。乾燥したら台無しになってしまうからだ。

それから、栗を鍋に入れ、ひたひたの水、栗の黄色を際立《きわだ》たせてくれるくちなしの実とともに火にかける。

この茹《ゆ》で加減が栗を生かすか殺すかを決める、職人の腕の見せ所でもある。固ければ話にならない。茹ですぎもいけない。栗が柔らかくなり、割れたり、くずれたりしてしまうからだ。

竹串がスーッと通るようになれば鍋を火から下ろし、しばらくそのままおき、粗熱《あらねつ》をとってから、栗の水気をとり、今度は平鍋に並べる。これに砂糖を溶かした蜜を注ぎ入れ、落《お》とし蓋《ぶた》をしながら、ことこと煮ること半刻（約一時間）。

火から下ろし、蜜をしばらくなじませれば、松緑苑、そして翠緑堂の栗羊羹の栗ができあがる。

最初から砂糖水で煮る店もあるが、はじめから砂糖を入れると、栗がちょっと固くなる。甘味が勝ちすぎてしまうこともある。

最後に蜜につけることで、栗そのものの風味を生かすことができる。

「お吉、暇《ひま》を見て、翠緑堂にもちょいと顔を出してやってくれないかい。小僧をひとり、女中もひとり雇ったものの、まだ仕事を飲み込んでいなくて、お栄も天手古舞《てんてこまい》できりきりしてる。お吉が手伝ってくれれば、どんなに助かるか」

何気なさをよそおって、民がさらっといった。松五郎が顔をしかめた。

「民、何を余計なことを。吉は今、別の仕事をしてんだ。手伝いなんかできねえに決まってるだろ。お吉、気にするな。勇吉とお栄の店なんだ。どんなにてぇへんでも、自分たちの采配《さいはい》でやるしかねえって、あいつらもわかってるさ」

松五郎が諭《さと》すような口調でいうと、民は背中を向け、ぐずっと鼻をすった。

民は、吉に翠緑堂の女中として働いてほしかったと今も思っていて、そのことをまだあきらめていない。

つんと吉の胸がうずいた。

父親が松緑苑の菓子職人だった縁《えん》で、吉が女中に上がったのは十二の年だった。

松緑苑の菓子のことは何から何まで知っている。

そのうえ、吉には一度食べればその味を覚える才《さい》があった。

もちろん菓子屋の女中として如才《じよさい》なく働くこともできる。

そんな吉が、男の仕事だとされる読売の書き手になったことを、民は残念至極《しごく》に思っていた。

子どものいない松五郎と民は、火事で両親を失った吉を、親のような気持ちで見守ってくれるありがたい存在だったが、この件では吉は自分を押し通してしまった。

吉はあえて明るい声を出した。

「明日にでも翠緑堂に寄らせてもらいます。お栄さんの顔を見たいし、私にも栗羊羹をお届けしたい人がいますし」

「ああ、ぜひそうしとくれ」

「小僧さんと女中さんを雇われたなら、翠緑堂も賑《にぎ》やかになりますね」

「小僧の父親は家で仕立て屋をしていて、その子も手先が器用だそうだ。女中は風呂屋の娘だが、あめえものに目がねえって。どっちも十三歳だってよ。勇吉さんもお栄も苦労人だ、うまくやるだろうさ」

松五郎は民の背中を見つめながらいう。

民が、はっと眉《まゆ》を持ち上げた。

「そういや、お吉、明日、勝太《かった》が遊びに来るよ」

「勝太が？」

民がうなずく。勝太は市《いち》ヶ谷《がや》揚場町《あげばちょう》に住む菓子型職人・梅治《うめじ》の一人息子だ。父親の梅治が修業のために今、尾張《おわり》に行っているため、父親の弟子とふたりで暮らしている。

事件に巻き込まれた勝太を、数日間、この家にかくまった縁で、松五郎たちは今では勝太のじいちゃん、ばあちゃん代わりを買って出ている。とことん、世話焼きの夫婦なのである。

「一晩、こっちに泊まるから、明日の夕餉《ゆうげ》は吉もうちで食べておくれ。いいね」

「まあ、嬉しい……それじゃ、そろそろ、絵があがるころあいですし」

松五郎たちに頭を下げると、吉は腰を上げた。

民が、えっという顔をした。

「あがるのを待ってる？　まさか、お吉の読み物のほうが先にできちまったのかい。真二郎《しんじろう》さんはさらさら～っと、あっという間に絵を描いちまい、いっつもお吉が居残りだっていってたのに」

真二郎は、風香堂で吉が書き手になって以来、一緒に動いてきた絵師《えし》だった。町奉行の与力《よりき》の弟でありながら、風香堂でも一《いち》、二《に》を争う魅力ある絵を描く男で、絵師としては変わり種《だね》である。ぶっきらぼうな口をきくが、陰になり日向《ひなた》になり吉をこれまで助けてくれた頼りになる人物でもあった。

真二郎は素早く絵を描く。単なる添《そ》え物の絵ではない。その絵は人々の心をつかむ何かを持っていて、読み物の売れ行きも左右する力があった。

ふっと吉がため息をつく。その袖を民がつかんだ。

「どうしたんだい、ため息なんかついて……」

「風香堂に新しい絵師、ううん、絵師見習いが入って……おすみさんっていうんですけどね。今回からあたし、そっちと組むことになっちまって、その人が……」

「仕事が遅い？」

「ってか、描き直しばっかりで……まあ、今は練習で描いているから遅かろうが何だろうが、かまわないっちゃかまわないんですけど」

「半人前か」

松五郎が腕を組んだ。民は膝《ひざ》を乗り出す。

「真二郎さんは？」

「このところ、もっぱらお絹《きぬ》さんと組んでいて」

絹もまた風香堂の女の書き手だ。吉よりも経験が長く、流れるような文と美しい筆跡、新しい企画を次々に発掘する手腕の持ち主でもある。

「これまではお吉とお絹さん、ふたりの読み物に真二郎さんがひとりで絵を描いていたじゃないか」

「真二郎さんはほかの仕事もこのところ忙しいらしくて。それで旦那さんがおすみさんを見つけてきたんですけど……今はお絹さんと真二郎さん、あたしとおすみさんが組《くみ》になって動いてるんです」

「あれま……」

民が思わせぶりに目を見開いた。吉を励《はげ》ますようにいう。

「お絹さんじゃ、新しい娘の世話なんか、できゃしないもんねぇ。なんでもかんでも自分の思い通りにことを運ばなきゃ、気が済まない人だから。……お吉、おまえはきっと、風香堂の旦那・光太郎《こうたろう》さんに見込まれたんだよ」

絹は男たちが振り返らずにいられないほどきれいな顔をしていながら、その性格はというと、民がいうように異常なほどきつく、人を人とも思わぬところがある。

「おまえはうちでも、新しく入った女中にちゃんと仕事を教えていたじゃないか。人を育てるのも上手だったよ。だから、胸をはってその娘の面倒をみておやり。あれこれできなくても、短気を出しちゃいけないよ。辛抱《しんぼう》して待っていれば、いつか仕事ができるようになる。お吉はうちの自慢の女中だったんだ。そのおすみさんとやらをしっかり育てておやり」

外に出ると、鉛色《なまりいろ》の雲が流れていた。先ほどまで青空が広がっていたのに、この分では、まもなくザッときそうだった。

吉はもう一度、小さく息をもらした。

すみの絵はできあがっただろうか。

すみは、口入屋《くちいれや》の紹介できた二十歳《はたち》の娘である。小柄で、一見、かわいらしいが、どこかしたたかな感じもする。打ち解《と》けるにはまだ時間がかかるだろう。

それでも民がいうように、そのうちしっくりいくようになるはずだ。読売の絵に求められるものがわかってくれば、描き直しだって徐々《じょじょ》に減っていくだろう。

だいたい、吉だって五月に読売書きになったばかりなのだ。すみに偉《えら》そうにいえる立場でもない。

実をいえば、吉がため息をもらした理由はそれだけではなかった。

二日前のことである。町火消《まちびけし》の、め組の若頭《わかがしら》・平吉《へいきち》に聞き取りをすることができ、吉は少しばかり有頂天《うちょうてん》になっていた。

吉が書いているのは、話題の人物が好きな菓子の記事だ。これまでに歌舞伎《かぶき》の市川團十郎《いちかわだんじゅうろう》、尾上菊五郎《おのえきくごろう》、相撲《すもう》取りの高砂関《たかさごぜき》、絵師の葛飾北斎《かつしかほくさい》、作家の曲亭馬琴《きょくていばきん》などさまざまな人に話を聞きに行き、話をまとめてきた。

『江戸の三男。与力、相撲に火消の頭《かしら》』といわれ、町の人の憧《あこが》れである町火消にも、ぜひ聞き取りをしたいと吉はずっと思っていた。

町火消は「いろは四十八《しじゅうはち》組」で知られる。それぞれの組は、百人近く、大きい組だと数百人もの火消人足《にんそく》を従えている。

聞き取りをするのはやはり、ただの町火消ではなく、血の気の多い勇壮な男どもをひと声で指揮する器量《きりょう》と人望の持ち主である、頭や若頭でなくてはならなかった。

これまでも何度か、話を持ち込んだことがある。けれど「菓子の話なんざ」と、けんもほろろに断られるのがおちだった。

荒《あら》くれ男も黙らせる町火消と甘いものは相性が悪いのかとあきらめかけていたとき、吉の元に朗報《ろうほう》が入った。

め組の若頭・平吉は下戸《げこ》で菓子に目がないという噂《うわさ》だ。

め組は、桜田久保町《さくらだくぼちょう》、兼房町《かねふさ》、二葉町《ふたば》、源助町《げんすけ》、露月町《ろうげつ》、神明町《しんめい》、増上寺《ぞうじょうじ》中門前辺《なかもん》、浜松町《はままつ》、芝口辺《しばぐちへん》を受け持つ組で、二百名を超える人足を抱えている。

そのうえ、平吉は今、江戸の女の心を熱く燃え上がらせている男でもあった。

先月、八月十六日の十六夜《いざよい》の晩に、増上寺近くで火が出た。そのとき、平吉はめ組を率いて、火に立ち向かい、裏店《うらだな》で炎に巻かれて動けなくなった母子《おやこ》をひとりで助け出したのである。

以来、吉は平吉に聞き取りをするべく、あらゆる伝手《つて》を頼んだ。

そしてついにその日、平吉に好きな菓子について聞くことができたのだった。

平吉は三十四歳。がっしりとした体に日に焼けた精悍《せいかん》な顔立ちをした、いなせな男だった。半纏からはまっすぐの足がすらりと伸びていた。

吉の問いに、平吉は照れもせず、好きな菓子は芝の竹原屋《たけはらや》の「柿衣《かきごろも》」だと爽《さわ》やかにいった。

柿衣は、干し柿のへたをとり、中から種を取り出し、そこに甘く煮た栗を入れ、再び口を合わせたものを油でさっと揚《あ》げた、秋ならではの菓子だ。

そして平吉は吉と真二郎にも用意していた柿衣を出し、ふたりの目の前で、本当にうまそうに食べた。

原稿はその日のうちに、すらすらと書き上げることもできた。

そんなわけで、吉はとてつもなくよい気分で、その夕方、次に聞き取りをする人物探しもかねて、日本橋界隈の絵草紙屋《えぞうしや》を覗《のぞ》きに出かけたのだった。

通りの前を、絹が歩いていると気付いたのは本町《ほんちょう》二丁目の角《かど》をすぎたあたりだった。

絹はいつも武家の女のようなきりっとした身なりをしている。長く旗本の屋敷で奥勤《おくづと》めをし、奥方《おくがた》やその娘たちに書や和歌の手ほどきをしていたという。

それだからか、いつも白襟《しろえり》をきちっと合わせ、真っ白な足袋《たび》をはき、柔らかものの着物を身に着け、背筋をしゃんと伸ばして歩く。冬でも裸足《はだし》に下駄の女が多い江戸の町では、それだけで目立っている。

絹がいつになく思いつめたような横顔をしていると感じたのは気のせいだったろうか。

絹も何か読売のネタを探しているのか、小間物屋や手拭《てぬぐ》い屋を覗いたり、薬屋の幟《のぼり》を見上げたり、町をぶらぶらしている。

秋の日暮れは早い。気が付くと、日が落ち、人の顔がぼんやりと霞《かす》みはじめていた。

絵草紙屋を出た吉は、また絹の姿をとらえた。

その瞬間、路地にさしかかった絹に、黒い影が乱暴にぶつかった。

「お絹さん……」

黒い影は、黒っぽい着物を着て、ほっかむりをした男だった。

がくっと前のめりになった絹の体を、男が小脇《こわき》に抱え、走り出す。

吉はあわてて駆け出した。

絹を抱いた男は路地の奥へと走っていく。

気を失っているのだろうか。あの気の強い絹が暴《あば》れもせず、声も上げない。

「ちょっと待って、そこの人！　お絹さん！」

吉は叫びながら追いかけた。

大通りは家や店《たな》に戻る人が行きかっていたのに、路地は、夕暮れの薄闇にすっぽり覆われたように人影もない。

小店は早々《はやばや》とのれんを下ろし、戸をきっちりと閉じている。油障子《あぶらしょうじ》からもれる明かりがぼんやりと路地を照らしているだけだ。

路地の向こう側の出口に、駕籠《かご》がとまっているのが見えた。すだれが上げられ、人を乗せたらすぐにも走り出せるように、駕籠かきたちは柄《え》を肩に乗せている。

あの駕籠に絹を乗せようというのだろうか。

「助けて！　その人を止めて！」

大声で叫びながら、吉は追いかけた。

体はほっそりしているが、吉は並みの男より背丈《せたけ》があり、子どものころから足が速い。路地を半《なか》ばまで来たところで、絹を抱えていた男に追いついた。むしゃぶりつくようにして、男の腕をつかんだ。

「離しなさい、お絹さんから手を離して！」

「なんだ、てめえは！」

男が吉をふりほどこうと乱暴に腕を振り回す。離すまいと、吉は必死にしがみつく。

次の瞬間、吉と絹はごろごろと道端に転がった。

絹が気が付いたのはそのときだった。

「な、なに?」

「お絹さん、逃げて」

吉は早口でいい、吉は絹を背にし、必死の形相《ぎょうそう》で立ち上がった。

「火事だ! 火事だぁ!」

背中の後ろで、絹が大声で叫んだ。江戸の人は火事と聞くと、誰もが大慌てで家の外に出てくる。案《あん》の定《じょう》、油障子を開けて、わらわらと小道に出てきた人たちは、火事ではなく、男と見合っているふたりを目撃することになった。

「どうしたんだい? 姉さんたち」

男の懐《ふところ》から匕首《あいくち》が覗いていることに吉が気が付いたのはそのときだ。吉はひりつく喉《のど》で、叫んだ。

「か、かどわかしです! 御用聞《ごようき》きを。誰か。自身番《じしんばん》に知らせて!」

女たちははじかれたように「てぇへん」と叫びながら、番屋に向かって走っていく。

「兄さん、物騒《ぶっそう》なものはしまっちくれ」

「剣呑《けんのん》なことはよしとくれよ」

人々は腰を引きつつも、男をいさめるように口々にいう。

だが、男にひとたび匕首を向けられると、みな黙るしかない。

吉と絹はじりじりと壁際《かべぎわ》まで追い詰められた。

なぜこんなことになったのか、吉はちんぷんかんぷんだった。けれど、向けられた匕首が肌に触れれば血が出て、悪くすれば死んでしまう。

こんなところで死ぬなんてごめんだった。

ならずものと向かい合うのは初めてではない。

なんの因果《いんが》か、読売の書き手になってから幾度か吉はこんな目に遭《あ》っている。

あきらめてすくんでしまったら終わりだと吉は自分を励ました。

男が絹をつかもうと手を伸ばした瞬間、吉は持っていた風呂敷包みを男の顔めがけて思い切りぶんなげた。

矢立《やた》てが入っている風呂敷ががしゃっと音をたてて、男の額《ひたい》に派手にぶつかる。

「な、なにしやがる、このアマ」

だが男がひるんだのは一瞬にすぎなかった。底光《そこびか》りする目で吉をにらみ、握り直した匕首を振り上げた。

聞き覚えのある声が響いたのはそのときだ。

「何やってやがる！」

「……真二郎さん……」

　気持ちが緩んだわずかな時を相手は見逃さなかった。

　吉を突き飛ばし、男は絹の腕をがっちりとつかんだ。絹の喉元に匕首を突きつけ、引きずるようにして駕籠に向かっていく。

　すらりと刀を抜く音がした。

「女から手を離せ。そしたら、命まではとらねえ」

　絵師の真二郎が男に駆け寄り、刀を正眼《せいがん》に構えた。

「お武家さん、余計な手出しは無用だ」

「生憎《あいにく》だが、その娘とは少なからぬ縁があってな」

　男と真二郎はにらみ合った。だが素人目《しろうとめ》にも、剣の力量の違いは明らかだ。

　やがて男は舌打ちし、絹を真二郎と吉にぶつけるように突き飛ばすと、路地の向こうに消えていった。すでに駕籠かきも駕籠ごと逃げている。

「お絹さん……お吉」

　真二郎は刀を納めると、目を瞠《みは》ってふたりを見た。絹は胸を押さえてしゃがみこんでいる。吉は地べたに転がったまま、真二郎を見上げた。

「いってえ、何があった」

真二郎は、平吉の聞き取りの後、吉と別れ、本銀町《ほんしろがねちょう》一丁目に住む人気絵師・歌川国芳《うたがわくによし》の家を訪ねたはずだった。

その帰り道、「てぇへんだ」とわめきながら女たちが走ってくるのが見えて、この路地に駆けつけたという。

ばたばたと足音を響かせて、同心《どうしん》の上田《うえだ》や御用聞きが到着したのはその後のことだった。

上田は真二郎の幼馴染《おさななじみ》で、真二郎の兄の配下でもある。見習い時期から数えれば、南町奉行《みなみまちぶぎょう》のもとで同心として勤め、九年になる。精悍な顔をした二十五歳の男だった。

吉たちは番屋で話をすることになった。

吉と絹の話を聞いた上田は、腕を組み、うなった。

「相手に心当たりはありませんか。お絹さんだとわかって、かどわかそうとしたように思われますが」

絹は細い首をかしげ、それからきっぱりと首を横に振った。

「思い当たることなど、ございません」

呼び出されて駆けつけた風香堂の主・光太郎は顎《あご》に手をやり、つぶやく。

「おめえが最近、書いた読み物は……」

「江戸で人気の富《とみ》くじの紹介と、将門神社《まさかどじんじゃ》の御利益《ごりやく》と正式な参拝の仕方、爪先《つまさき》を紅で染める爪紅《つまべに》と目の縁《ふち》に紅をひくやり方の極意、それに巣鴨《すがも》と駒込《こまごめ》の菊人形《きくにんぎょう》のこと、これから予定しているのは女装番付《ばんづけ》と人気の薬番付、ですけど……」

「何か、やっけえなことはなかったか」

「どれも何も問題はございませんでした」

「しかしなぁ、お吉さんを突き飛ばし、お絹さんだけを駕籠に乗せようとしたってんだ。ひっかかるんだよ。お絹さんに狙いを定めていたとしか思えねぇ」

上田はそういって、じっと絹を見つめた。絹は居心地悪そうに眼をそらす。

「誰かと間違えたのかもしれません。まったくとんでもない話ですわ」

絹が知らぬ存ぜぬを繰り返す限り、それ以上、つっこみようがない。

光太郎は番屋を後にするときに、真二郎と吉にこう言い渡した。

「また何かあるかもしれねえ。しばらく、真さんはお絹と組んで、守ってやってくれ。お吉、おめえは見習い絵師のおすみと組むんだ。それからこのことは当分、口外《こうがい》するな。いいな」

以来、真二郎と吉はすれ違いが続いている。男に匕首を突きつけられた恐ろしさも忘れられない。何より、事件の真相がまったくわからないままだということが、吉は気持ち悪くてたまらなかった。


翌朝、まだ暗いうちに朝餉《あさげ》をとり、明け六つ（午前六時）に、吉が翠緑堂を訪ねると、栄はすでに店の前で、小僧に箒《ほうき》のかけ方をこんこんと教えていた。

「両手で柄を握って、力を入れず、掃《は》きなさい。……ああ、大きく動かさない。なでるようにそっとね。力任《ちからまか》せにするとかえってゴミが舞い上がって散らかってしまうから」

お仕着《しき》せの紺縞《こんじま》の着物に、翠緑堂の名前を染め抜いた前掛けをかけ、たすき掛けした小僧は、まだ栄の肩ほどの背丈しかない。くりくりと目を動かしながら、栄の言葉にしきりに「へぇ、へぇ」とうなずいている。

「おちず、ちょいとこっちに来て」

「へ～い」

小僧と同じくらいの背丈の娘が中から走り出てきた。こちらも絣《かすり》の着物に前掛けをかけ、アカネだすきで袖を押さえている。

眠いのだろう、目をこすったり、あくびを押し殺したりしている。短い着物から覗いた足が細かった。

「ふたりとも一度で覚えてね。風があるときは、風上《かざかみ》から風下《かざしも》に箒をかけるの。でも、風が強くて、お隣さんにごみが飛んでいきそうなときは風下から。どうやってやれば、要領よく、人様《ひとさま》に迷惑をかけないようにできるか、考えて掃除することが肝心《かんじん》よ。……それから箒は片減《かたへ》りしないように、回しながら使うの。同じ方ばかり使っちゃだめよ」

小僧と女中は両手を体の前で握り、「へぇ」と声を合わせた。

ふたりはまるで松五郎と民が営む松緑苑で働きはじめたころの自分のようだと、吉は思った。知らずに口もとに笑みが浮かぶ。

吉はひょろりと背が高く、手足が長い。十人並みの器量《きりよう》だが、笑うと目が糸のように細くなり、愛嬌《あいきょう》がこぼれた。

松五郎の右腕の菓子職人だった父・留吉《とめきち》は、母・菊《きく》ともども、十三年前の大火事で命を失った。そして、十二歳の吉、五歳下の妹・加代《かよ》、六歳下の弟・太吉《たきち》の三人が残されたのだが、自分たち姉弟は恵まれていたと思う。

両親を失った吉たちに真っ先に手を差し伸べてくれたのは、松緑苑の民と松五郎だった。

「お吉ちゃん。うちで働けばいいよ。うちで働いて、妹と弟を育てておやり」

それまでは不安が先に立ち、涙をこぼすことさえできなかったのに、民が手に握らせてくれた大福餅《だいふくもち》を食べながら、吉はしゃくりあげて泣いた。

口の中に広がったあんこの甘さが自分を優しく包み、未来を閉ざしていた闇を吹き飛ばしてくれるような気がした。

そしてその日から、民と松五郎は親代わりに、甘い菓子は吉にとって自分を守ってくれるものとなった。

留吉と菊が炎に巻き込まれた人を助けようとして命を失ったことを知っていた長屋のおかみさんたちも、弟妹の世話を買って出てくれた。

加代は十七歳で大工の平太《へいた》に嫁《とつ》ぎ、今では一歳の息子と三歳の娘の母親だ。弟は十二歳から小豆問屋の「若本屋《わかもとや》」で働いている。

民や松五郎がいなかったら、松緑苑がなかったら、長屋の人たちがいなかったら——三人はこうして生きてこられなかった。

松緑苑がなくなっても、その味を伝える翠緑堂が同じ場所に今あることが、吉は滅法界《めっぽうかい》もなく嬉しかった。

「あら、お吉さん。おはようございます。寄ってくださったんですか」

栄が右頰にえくぼを浮かべて、駆け寄ってきた。

かつて水茶屋の看板娘だった栄は、四十を過ぎても、どこか初々《ういうい》しさを感じさせるきれいな面立《おもだ》ちをしている。

吉は店の脇で風に翻《ひるがえ》っている真新しい幟を指さした。幟には「栗羊羹」と書かれている。

「栗羊羹、絶品でした。昨日、旦那さんのところでいただいて、一瞬、旦那さんが作られたものだと思ったくらい。それで今朝は栗羊羹をいただきに。できていますか」

「もちろん、ご用意しております。それにしてもまあ、お吉さんが松五郎さんの栗羊羹だと思われただなんて……そのこと、ぜひ、うちのにも、聞かせてくださいまし。お吉さんに太鼓判《たいこばん》を押していただけたら、どんなに喜ぶか。でもその前に……」

栄は、新しい女中のちずと小僧を手招きし、ふたりを吉の前に立たせた。

「このお人は、お吉さん。翠緑堂の恩人です。ふたりは、松緑苑の松五郎さんを知っているでしょ。お吉さんは、松五郎さんとうちの旦那さんを出会わせてくれた人なの。翠緑堂の大切な恩人だから、どんなときも粗相《そそう》がないようにね」
「へぇい」
「今は、読売の書き手をなさっているけど、以前は松緑苑の女中をなさってい
て、菓子のことなら、何でも知っている人でもあるのよ。はい。自分の名前をい
って、ご挨拶《あいさつ》なさい」
「三吉《さんきち》です。よろしゅうお願いします」
「ちずといいます。よくおいでくださいました」
小僧と女中は口々にいい、小さな頭を下げた。
「こちらこそ、どうぞよろしくお願いします。一所懸命働いて、菓子のことも覚
えて、翠緑堂を盛り上げてくださいね」
「へえ」
ふたりの声が重なった。一途《いちず》に吉を見つめる目が輝いている。吉は思わず、ふ
たりの頭をなでずにはいられなかった。
吉は風香堂に一本、馬琴に一本、團十郎に一本と、計三本、栗羊羹を包んでも
らった。
「お代《だい》は結構ですよ。初売りの縁起物《えんぎもの》だから」

払うといっても、頑《がん》として栄は受け取らない。凜《りん》とした栄の笑顔を、吉はまぶしいような思いで見つめた。

大通りに出て、万町《よろずちょう》に向かう。風はひんやりと冷たいが、太陽が昇るにつれ、澄んだ空が広がった。

吉は昨晩もよく眠れなかった。暴漢に匕首を向けられたときのことが不意によみがえっては、吉の背中を凍らせる。

心当たりはないというが、暴漢たちは、絹を確かにかどわかそうとしていたと思えてならない。吉など厄介者《やっかいもの》だとばかり突き倒し、絹だけを連れ去ろうとしたように見えた。

絹がいうように、ただの人違いだったのだろうか。

でもそうではなかったとしたら……絹をかどわかしてどうするつもりだったのだろう。

考えても答えは見つからない。

万町に近づくと、読売売りの口上《こうじょう》が聞こえてきた。

——火事は江戸の華《はな》というが、この間の火事、覚えてるかい。

増上寺の近くの裏店を焼いた火事だ。そのときに、子どもの泣き声を聞いて、炎の中に飛び込んでいった火消がいる。

め組の若頭・平吉、三十四歳だ。

刺子《さしこ》半纏を羽織り、龍吐水《りゅうどすい》の水を頭からかぶり、決死の覚悟でぼーぼーと火《ひ》柱《ばしら》を上げる長屋の中に入っていった。そしてすぐさま右手に五歳の小春《こはる》、左手にその母のお夏《なつ》を抱えて戻ってきた。

そのときの平吉の顔は煤《すす》で真っ黒。刺子半纏は焦《こ》げ、ぶすぶすと煙を上げていたそうだ。

この火事ではひとりも死人は出ていねえ。

町火消・平吉こそ、江戸の華。そうじゃねえか。

その平吉の好物がある。これが、かぁ～っ、秋そのものだ。

平吉を思って食べてみねえか。

そこの兄さん、平吉の好物を食べれば男っぷりが、ぐいっと、上がること請《う》け合いだ。

さぁ、買っとくれ。本日発売、読売一部四文！——

――もう紅葉《もみじ》狩りには行きましたかい？

野山の紅葉もいいが、江戸で忘れちゃならねえのが菊見物《きくけんぶつ》だ。

今年は、駒込の阪田屋《さかたや》と巣鴨の滝井屋《たきいや》をはずせねえ。

芸者衆を連れていきゃ、「こんな乙粋《おついき》なところに連れてきてくださるなんて、旦那さんのこと、惚《ほ》れ直しちまったよ」と耳元でささやかれること請け合いだよ。

そこの姉さん、近所の女友達と弁当をこさえて繰《く》り出したらどうでぇ。今年の阪田屋と滝井屋には、江戸中から若い男連中も集まってくる。

「おっと、姉さん、いい女だね」「あら、水も滴《したた》るいい男」「菊もいいが、艶っぽさはやっぱり生身《なまみ》の女にかなわねえな。くらくらするぜ。ちょいと付き合ってくれねえか」

なんてことにならねえとも限らねえ。

阪田屋では「百種接分菊《ひやくしゆつぎわけぎく》」。滝井屋では菊の富士山と象《ぞう》の菊細工が目玉だ。

めぐりゆく秋を思いっきし味わうために、さぁ、この読売、買ってくんな――

読売売りに、人々が群がっているのを見て、吉はほっと胸をなでおろした。

読売書きになって四か月が過ぎたが、発売のときは緊張で胸がどきどきしてしまう。自分の書いたものに町の人が見向きもしなかったらどうしよう、売れなかったらどうしようと、つい思ってしまう。

読売売りから一枚受け取って、吉は記事のわきに描かれた真二郎の絵に目をやった。

そこには刺子半纏を裏返しに羽織っている平吉が描かれていた。

町火消は、火事には組の名が入った半纏の表を上に駆けつけ、火を消し終えれば、半纏を裏返して裏地に描かれた派手な絵柄を見せながら、胸を張って帰る。唐獅子《からじし》が描かれた半纏を身に着けた平吉は、さながら東洲斎写楽《とうしゅうさいしゃらく》が描いた三代目大谷鬼次《おおたにおにじ》の奴《やっこ》のようだった。豪胆《ごうたん》に火に挑む強さと、命がけで女子《おんなこ》どもを助けに飛び込む侠気《おとこぎ》が感じられる。

その後ろに描かれた菓子『柿衣』の柿色と、栗のくちなし色も鮮やかだ。

「いい男っ……この絵、うちに飾っておこうっと」

「あの人に見られたらどうするの?」

「あの人って?」

「あんたのいい人に決まってるでしょ」

「見られたってかまやしないわ。あたいが貼ったんじゃないって言えばいいんだもん。うちのおっかさんがこんな読売を貼ってるなんて、まったく年甲斐《としがい》もなくて、恥ずかしいったらありゃしないって、困ったように目を伏せれば、男なんてすぐに信じちまう。……じゃない？」

「勉強になります。じゃ、あたいもそうしようっと」

きゃあきゃあいいながら通り過ぎていく娘たちの後ろ姿を苦笑しながら見送り、また吉はため息をついた。

この平吉の絵が、吉の読み物に真二郎が描く最後の絵となる。

これからは、真二郎は用心棒をかねて絹と一緒に動き、吉は新人のすみと歩かなくてはならない。

吉が風香堂ののれんをくぐると、一階の板敷《いたじき》には、飛脚《ひきゃく》が数人、腰をかけ、男たちと話し込んでいた。

「なんだって？　また、異国船が？」

「へえ。奥州南部《おうしゅうなんぶ》沖で、漁師が見つけたらしくてね」

思わず耳にはさんだ話に思わず足を止めた。

風香堂では一階と二階でまったく異なる読売を作っている。一階は光太郎の息子の清一郎《せいいちろう》が仕切っていて、天変地異《てんぺんちい》、大火、心中《しんじゅう》、事件や事故など、いわゆる従来型の読売を作っている。さらに、幕府にとって都合の悪い情報を載せた読売も作っており、そうした読売は、風香堂という名前を伏せ、売り子も菅笠《すげがさ》で顔を隠して売り歩く。

一方、二階では、光太郎が女向けの読売を作っている。目玉は、吉の書く菓子の記事と、もう一人の書き手である絹が手掛けるお出かけ・お買い物・娯楽情報などだ。

光太郎は、以前は一階を仕切っていたが引退。数か月後、誰にも何の相談もせずに、新しい読売を、それも新しく雇い入れた女の書き手に書かせはじめた。それまで男の領分とされた読売の世界に、女という視点を入れて、新しい読売を作り上げてしまった。

物珍《ものめずら》しさもあってか、光太郎の作る読売は、好調な売れ行きが続いている。

「漁師から話を聞いて、役人たちは、やつらが上陸でもしたらどうするって、口から泡を噴くような大騒ぎだったたってえ話で」

「幕府の命令を鵜《う》のみにして、大砲をぶっぱなしても異国船が逃げるとは限らねえ。いや、向こうが大砲ぶち返したりでもしたら……。幕府から援軍が来るめえに、城下はめちゃくちゃになっちまう」

「ったく、なぁ」

「……いずれにしても、異国船が通り過ぎただけってのは、不幸中の幸いだったな」

　この年の二月、幕府が、「無二念打払令《むにねんうちはらいれい》」（異国船打払令）を出したことは、吉も知っていた。

沿岸に近づいてくる異国船はためらわず打ち払えという命令だ。このような命令が出されるというのは、それだけ異国船が頻繁《ひんぱん》に近くまで来ていることの証《あかし》でもある。

「水戸《みと》の浜に異国船が上陸したことがわかって、幕府が頭に血を上らせたのは、去年だったか」

「へぇ、異人に食べ物と水を与えて、物々交換もしたってんで……」

「徳川親藩《しんぱん》中の親藩、徳川御三家のひとつ、水戸徳川家のお膝元でさえこれだ。幕府の面目《めんぼく》丸つぶれ。異国の奴らにゃ、おかみの思惑《おもわく》なんぞ、まったく通じねえってことだ」

こうした事件が世間に広まらないよう、幕府は目を光らせている。風香堂が読売におおっぴらに書いて売ったりしたら、悪くすれば、罰金、手鎖《てぐさり》、事と次第《しだい》によれば店をとりつぶされてしまいかねない。

それでも、知っている人は知っている。

この八月にも、全国で大雨が降り、野分《のわき》が吹き荒れた。各地で大水《おおみず》が出て、山が崩れたり、田畑や家々が水に浸かって、死人も出た。それを伝える読売を売りさばいたのも菅笠の売り子たちだった。


吉は一階の面々に一礼すると、階段を二階に上がった。

頭を下げた吉に、気軽に声をかける男たちは一階にはひとりもいない。

女による、女のための読売を作った光太郎に対する反感はいまだに強く、一階の読売の作り手の多くは、無視を決め込んでいる。

それもあって、光太郎と清一郎が罵《のの》り合うのは日常茶飯事《さはんじ》で、自然、一階の男たちと二階の女たちは水と油のような関係が続いている。

「女なんかにおれたちと同じ仕事ができるわけない。あんな読売、早くつぶれりゃいい」など口さがないことをあからさまにいう男も少なくない。

唯一、一階と二階の両方を行き来しているのは、腕利《き》きの絵師・真二郎だけだった。

二階に着くと、絹と真二郎が出かけていこうとしているところだった。

すらりとした体を着流しの着物に包み、落とし差しにした真二郎は吉を見ると、手を上げた。吉も軽く頭を下げる。

「真二郎さん。今日発売の平吉さんの絵、大評判ですよ。ありがとうございました」

「気持ちのいい男だったよな。話が聞けてよかったぜ」

「はい……今から聞き取りですか。お絹さんもどうぞくれぐれもお気をつけて」

「先日のこと、おっしゃってるの？　私は大丈夫です。人違いに決まっておりますので」

絹は片方の眉を持ち上げ、きれいな島田《しまだ》に結い上げた髪に手をやった。

吉は絹を助けようとして男に二度も突き飛ばされ、手には擦《す》り傷を作り、着物の膝も抜けてしまい、普段着を一枚ダメにしたというのに、絹からはねぎらいの言葉ひとつない。悪いのは男のほうで、絹も迷惑をこうむったひとりであるという立場を崩さない。

真二郎が苦笑する。

「お吉、おめえも気をつけてな。物騒なことにいつ出くわすとも限らねえ」

「真二郎さんも」

「で、どうだい。見習いの絵師は」

そのときだった。吉の後ろから声が聞こえた。

「おはようございます」

吉は驚いて振り返った。三日前から見習いとして働きはじめたすみが、いつのまにか吉の後ろに立ち、真二郎を見上げながらにこにこ笑っている。

「……ほんとにおすみはちっこいな。いや、お吉がでっけぇからか……」

「うふふ」

すみが愛らしく肩をすくめる。女は小さいほうがいいというのが、江戸の通り相場だった。

六尺（約百八十センチ）近くある真二郎と歩けば、吉の背は気にならないが、小柄なすみと並ぶと、吉の背の高さが際立ってしまう。すみは吉の二の腕まであたりしか背丈がない。

すみと組むのを吉が嫌なもうひとつの理由が、この背丈だった。

背が高い、でかい、それとにおわされることも、吉はいやでたまらない。だがすみと歩くと、みなが必ずそういう目で吉を見る。

「おすみ、最初のうちはいろいろあるだろうが、そのうち慣れる。しっかり描けよ。お吉の言うことをよく聞いて」

「はい！」

すみは上等な声を出して、真二郎ににっこりと笑った。丸顔で、こけしのようなちんまりした目鼻立ちがかわいらしい。

「真二郎さん、参ります」

「じゃな」

「いってらっしゃいまし」

絹にせかされて出ていく真二郎に向かって、すみはよく通る声でいって頭を下げた。

入れ替わりに、光太郎が上がってきた。

「今日の読売もなかなかの売れ行きだ。贋金《にせがね》づくりの一味を取り上げたものには及ばねえがな」

ニヤッと笑って、吉を見る。

贋金づくりと聞いて、吉の胸がぎゅっと縮まった。

「あの事件の読売、お吉さんが書いたって本当ですか？」

すみは光太郎に朝の挨拶をした後に、人懐《ひとなつ》っこく尋《たず》ねた。

「ああ。頭を殴られて物忘れになった勝太を見つけたのも、贋金づくりの現場にはりこんだのも、一味に捕まえられたのも、お吉だったんだ」

「まあ、それはそれは……人は見かけによらないものですね」

すみは目を瞠った。吉は思わず、首をすくめた。

贋金づくり事件のことを思い出すと、吉は複雑な思いにとらわれる。

勝太と出会えたのは事件のおかげだが、ひどく怖い思いもした。

一味に捕まり、手足を縛られ、納屋《なや》に放り込まれて、命を奪われるかと思った。あわやというところで、同心の上田たちが踏み込んできてくれ、助かったものの、真二郎が刀を使い、命のやり取りをするところも、震える思いで見た。

そのうえ、はじめて菓子以外のことで、記事を書かされた。複雑に入り組んでいた話を短くまとめるのは大変で、光太郎には十数回も書いたものを突き返され、やっとのことで仕上げたのである。

「あの読売は今も話題になっていますよ。世の中にはこんな悪事をしでかす奴がいる。その一部始終《しじゆう》を見届けたのが女だってことにもびっくりでしたもん」

すみは頬に手をあて、小首をかしげながら続ける。

「贋金づくりをしている奴らが、贋金を落として……贋金を拾った子どもを口封《くちふう》じのために殴り、子どもを助けにきた菓子型職人も捕まえて……その職人は、かどわかされた他の男たちと一緒に贋金づくりをさせられたとか。両替商《りようがえ》がそんな悪事を仕組んでいたなんて……」

すみはくすっと笑って、吉をちらりと見る。

「お吉さんは女だてらに一味が贋金づくりをしているところに行ったんですよね。……腹が据わっているというか、向こう見ずというか、私なんて足がすくんでしまいそう……」

吉は思わず首を横に振った。読売のネタになると思えばどこにでもすっとんでいく絹じゃあるまいし、吉は行きたくて行ったわけじゃない。ただあのときは必死だったのだ。心の中でそうつぶやきながら、急須《きゆうす》を引き寄せた。

鉄瓶《てつびん》から湯飲みに湯を注ぐ。湯飲みが温まり、湯が適温に冷めるのを待ち、静かに急須に入れる。葉が開くのを待ち、湯飲みに茶を注ぎ入れた。

ふたりの前に茶碗を置くと、すみは恐縮したように吉を見上げた。

「すみません。新しく入ったあたしがお茶を出さなくちゃいけないのに。お吉さんにやってもらっちまって」

だが、茶碗に手を伸ばしたすみは「あ」といって、すばやく手を引っ込めた。

「……あっつう……」

「えっ？」

吉は啞然《あぜん》としてすみを見つめた。ちょうどいい加減に湯は冷ましている。茶碗が手で触れられないほど熱いわけはない。

「熱いか⁉　おれにはいい塩梅だがな」

光太郎が一口、茶を含み、不思議そうに眉を寄せた。

「お吉は菓子屋で働いていたから、お茶の淹《い》れ方は絶品なんだ……」

すみは目を見開き、きゅっと肩をすくめた。

「……あたし、肌が弱くて、熱いものに触《さわ》れなくて……でももう、大丈夫です。ごめんなさい。大声を出したりして」

すみは改めて茶碗を手に取ると、ごくりと喉を鳴らしてお茶を飲んだ。

「まあ、おいしい。こんなに上手にお茶を淹れるなんて、私にはとてもとても」

吉は鼻白《はなじろ》んだ気持ちになった。すみの言動がいちいちひっかかる。

ざらつく気持ちを押しやり、吉は自分の文机《ふづくえ》に向かった。風呂敷から栗羊羹を取り出し、吉は光太郎の前に戻った。

「翠緑堂の勇吉さんが作った栗羊羹です。初物《はつもの》なので、召し上がってくださいと、お栄さんが。今、お切りしましょうか」

「栗羊羹か。季節だな。おめえ、食ったのか？」

「昨日、松五郎さんのお宅でいただきました。……松五郎さん直伝の味わいでした」

「夕方、みんな揃ったところで食べるとしよう。……お吉、今日は？」

「今日は午後、平河天満宮《ひらかわてんまんぐう》の力石《ちからいし》の聞き取りに行ってきます。その前に、馬琴先生と團十郎さんのところに栗羊羹をお届けし、め組の平吉さんにも読売を持ってご挨拶に行ってこようと思っています」

光太郎が眉を上げた。

「芳町《よしちょう》の中村座《なかむらざ》から神田明神《かんだみょうじん》裏の馬琴んちを回って、芝神明《しばしんめい》、そして平河町《ひらかわちょう》か。ずいぶん、歩かねえとなんねえな」

「急いで行ってまいります」

「……力石の聞き取りは、おすみとの初仕事か……」

「はい。お吉さん、どうぞよろしくお願いいたします」

すみが膝を進め、殊勝《しゅしょう》に頭を下げた。

「こちらこそ」

力石とは、石を持ち上げる競技だ。力自慢の若者が集まり、より重い石を持ち上げた者が優勝し、優勝者が持ち上げた石は力石として境内《けいだい》に奉納《ほうのう》される。

その優勝者に好きな菓子の聞き取りをして、吉は読み物に仕立てるつもりだった。

「おすみさんとは平河天満宮で待ち合わせしましょうね」

「わかりました」

力石がはじまるのは昼九つ半（午後一時）なので、昼九つ（正午）に平河天満宮の鳥居の前で会うことにした。

すみが所在《しょざい》なげにいう。

「それまでわたしは何をしていればいいですか」

「そうねぇ。真二郎さんが描いた絵を見て勉強したらどうかしら。読み物に合わせて、いろんな描き方をしているし、どんな絵が人に好まれるか、真二郎さんのものを見たら、わかるんじゃないかな」

光太郎は、馬琴の家からめ組の芝神明までと、芝神明から平河天満宮まで、風香堂への帰りも猪牙舟《ちょきぶね》を使っていいといった。

「このところ物騒だからよ。気をつけて行ってこい」

吉に小粒《こつぶ》を握らせて、光太郎がうなずいた。絹のかどわかし事件を案じていることが伝わってくる。

「はい……」

「うわぁ、猪牙舟なんて。豪勢ですねぇ」

後ろから、すみの黄色い声が聞こえた。

吉はひとりで風香堂を出た。

江戸橋《えどばし》を渡り、照降町《てりふりちょう》を抜ける。親父橋《おやじばし》を渡ると、中村座の櫓《やぐら》が賑々《にぎにぎ》しく秋の光に照らされていた。櫓は幕府公認の芝居小屋の証で、江戸三座《さんざ》である中村座、市村《いちむら》座、森田《もりた》座にしか許されていない。

櫓の横には、大きな役者絵がずらりと並んでいる。

すでに夜のうちから芝居茶屋で支度《したく》をしたお客たちが幕開けとともに芝居小屋に入っているため、人通りはそれほど多くない。

芝居見物は、朝から晩まで一日がかりだ。

大店《おおだな》のお内儀《ないぎ》や娘たちは、途中で茶屋に戻り、衣装を着替えて、座席にも花を添える。町には芝居小屋から茶屋へと戻る娘たちの姿もちらほら見える。みな華やかなかんざしを髷《まげ》につけ、晴れやかな表情をしていた。

團十郎は芝居の真っ最中だったため、吉は付き人に栗羊羹を言付《ことづ》けた。甘いものが苦手な團十郎が唯一もう一度食べてみたい菓子として挙げたのが、勇吉が作った翠緑堂直伝の水羊羹だった。それに比べると、この栗羊羹はややどっしりとした味わいだが、同じく翠緑堂の味を継いでいる。團十郎が気に入ってくれるはずだった。

中村座を後にし、吉は馬琴の家に向かった。

大伝馬町《おおてんまちょう》、本銀町、神田鍛冶町《かんだかじちょう》を通り、昌平橋《しょうへいばし》を渡る。橋は、行きかう人で結構、混雑していた。後ろから複数の足音が聞こえ、あわてて吉は脇によけた。初老の男が決死の表情で、人々の間を走り抜けていく。秋風をはらんだ男の単衣《ひとえ》ものはあちこちに継ぎがあてられていた。

「待ちやがれ」

「盗人《ぬすっと》だ！」

「捕まえてくれ！」

追いかけていく男たちの中に、同心・上田の配下の小平次《こへいじ》の姿があった。通りすがりの人々は皆、物見高《ものみだか》さを隠そうともせず、首を伸ばし、男と御用聞きの姿を見入った。

吉は思うより早く駆け出し、上田たちの後を追った。

「こっちだ」

「そっちじゃねえ、野郎、こっちだこっち」

「くそっ、どこまで逃げやがる。足が速《はえ》ぇや」

神田川の川岸に御用聞きの声と呼子《よぶこ》があふれている。

人波にはばまれ、吉は橋を渡ったところで足を止めた。

「薬種屋《やくしゅ》で高値の薬を盗もうとしたらしいぜ」

雪駄《せった》を鳴らして足早に戻ってきた若い男がしたり顔で連れの男にいった。御用聞きを追いかけて、なんとか事情を聞き出してきたらしい。

「家に病人でもいるのかね」

「てぇげえ、薬を買う金がなかったんだなぁ」

連れの男は父親だろうか、そうつぶやき、口をへの字にした。

「けどよぉ、ふんづかまったら、病人はどうなる。面倒だって見らんねえ。よけいやっかいなことになっちまう。馬鹿だよ」

「ものの道理がわかってりゃ、盗みなんかハナからするもんか。けどよ、この薬さえありゃって、後先《あとさき》考えらんねえほど、追い詰められちまったのかもしれねえ。そう思うと、ちいとばかり気の毒な気がするなぁ」

貧しさのために医者の治療を受けられないものも江戸の町には多かった。

そうした人々が頼りにするのが、売薬《ばいやく》だ。薬種屋では風邪《かぜ》には俵屋薬《たわらやくすり》、傷の膏《こう》薬《やく》はガマの油、血の道には実母散《じつぼさん》、精をつけるなら地黄丸《じおうがん》、媚薬《びやく》には井守《いもり》の黒焼《くろやき》薬《ぐすり》という具合に、症状に応じて調合したものも用意している。

薬種屋だけでなく、富山の薬売りの薬も行き渡っている。

富山の薬売りは、さまざまな薬を背中に担《かつ》いで、年に一、二度、得意先に置きに行き、それを自由に使ってもらい、次に行ったとき、使用済みの薬代を徴収して使った薬を補充するという独特な売り方をしている。『越中富山《えっちゅうとやま》の反魂丹《はんごんたん》、鼻くそ丸めて万金丹《まんきんたん》、それをのむ奴《やっ》ァあんぽんたん』と子どもたちに歌われるほど、富山の薬売りは江戸の街ではおなじみでもある。ちなみに、反魂丹、万金丹どちらも胃痛、腹痛の薬で、万金丹は伊勢《いせ》参りのお土産の定番である。

しかし、売薬も買えない者だって少なくない。

憮然《ぶぜん》とした表情で父親が歩き出す。息子があわてて追いかけた。

「小石川《こいしかわ》の養生所にでも連れてきゃ、よかったんだ」

「そう思い切れるくれぇだったら、こうはなんねえだろ」

薬代もない貧しい人々を救済する目的で享保《きょうほう》七年（一七二二年）に設置されたのが小石川の養生所だった。しかし、昨今、養生所の評判が落ちていた。治療に熱心な医師が少ないとか、看病人があれこれ金を要求するとか、金を用意できない患者は放っておかれるという噂もささやかれている。

「地獄の沙汰《さた》も金次第。貧乏人にゃ、つれぇ話よ」

男たちのつぶやきが風に乗って消えていく。


馬琴は、金糸雀《カナリア》の世話の真っ最中だった。

曲亭馬琴。『南総里見八犬伝《なんそうさとみはっけんでん》』の読本《よみほん》作者である。

好きな菓子の聞き取りに来たことがきっかけで、なぜか吉は毎朝、馬琴の金糸雀の世話をすることになった。

籠《かご》の中には尾《お》っぽが長いのやら、頭の飾りが大きいのやら、さまざまな色合いの金糸雀が入れられている。その数、百羽はくだらない。

どれもぴぃ～ぴぃ～と盛大に鳴き声を披露《ひろう》しているため、声をめでるどころではなく、耳をつんざくほどのかしましさだ。

それもこれも図抜《ずぬ》けた凝り性《こしょう》の馬琴の性分《しょうぶん》のせいだった。

あるとき、馬琴は一羽の金糸雀を手に入れた。しばらくして微妙に異なる色の金糸雀を鳥屋で見つけ、また一羽増やした。さらに一羽。大きさや形が違う金糸雀を見つけ、また一羽、二羽……。

ついには自分で交配《こうはい》まで手掛けるようになり、気が付くと、居間はもとより、縁側、客間に至るまで、金糸雀の籠で占領されている。

「お、来た来た。遅かったじゃねえか」

馬琴は吉の顔を見るとほっとしたように相好《そうごう》を崩した。

餌《えさ》のやり方などにも独特のこだわりがあるうえ、人のすることにいちいち文句をつけずには気が済まない。そんな馬琴の性分が骨《ほね》の髄《ずい》まで身にしみてわかっているので、女中たちは決して金糸雀のそばには寄り付かない。金糸雀の世話の時間になると、女中たちは姿も気配も消してしまう。

手伝うのは唯一、吉だけだった。

餌と水の器をきれいに洗い、籠の汚れを落とし、器《うつわ》にはきれいな水をたっぷり入れ、粟《あわ》などの餌を入れ替え、小松菜《こまつな》などの青菜をひとつひとつの籠に添え……

金糸雀の世話に半刻はたっぷりかかった。

吉がお茶を淹れ、翠緑堂の栗羊羹を出すと、馬琴は目を見開いた。

「勇吉の栗羊羹か。初物だな」

「はい。お栄さんが先生にって、言付かってまいりました」

「気の利《き》くおかみだ。とうは立っているが美人だしな」

にやけた表情でつぶやく。

吉の淹れたお茶を飲み、馬琴はようやくほっとした顔になった。

「うむ、上等!」

ふいに、吉は今朝、すみが「熱い」といったことを思い出した。

お茶の淹れ方にも一家言《いっかげん》あり、馬琴が女中に小言をいうこともしょっちゅうだ。そんな馬琴でさえ吉の淹れたお茶には文句ひとついったことがない。

せっかくお茶を飲むのだ。おいしいと味わってもらわなければ、お茶だってもったいない。

あの子の肌は特別なのだろうか。すみのものは、これから湯を冷ましてやらなければならないだろう。

真二郎ではなく、そのすみと今日から一緒に仕事をすることを思うと、やはり気が重かった。

これまで聞き取りで困ったときにはいつも、真二郎はそれとなく助け船を出してくれた。

すみに助け船など期待できそうもない。

唯一の期待は、光太郎が気に入って雇った絵師だということだ。案外、あっとみんなが驚くようなすごい絵を描くかもしれない。

いずれにしても、最初は、見習い書き手の吉が、すみに聞き取りから絵の描き方まで多少なりとも教えなくてはならない。そんなことが自分にできるだろうか。

それもこれも、三日前のかどわかしの一件のせいだ。気が付くと、吉の唇《くちびる》からため息がこぼれていた。

「秋深し、だなぁ」

栗羊羹を食べた馬琴は、光太郎と似たようなことをいい、目玉だけを動かしてちらっと吉を見た。

「何かあったか」

一瞬、吉の目が泳いだ。馬琴に胸中《きようちゆう》を見透《みす》かされたような気がした。馬琴にはそういう鋭《するど》さがある。

だが、いくら勘がよい馬琴でも千里眼《せんりがん》ではない。絹のかどわかし事件のことは口外できないので、今日から新人の絵師見習いと仕事をするとだけ、馬琴には伝えた。

「ふぅ〜ん。書き手見習いと絵師見習いが組になるか、ぞっとしねえな。で、どんなやつなんだ。描けるのか」

「……さぁ。でも旦那さんが雇われたんですから……」

「光太郎さんは、ど素人のおめえを雇った男だぜ」

そうだったと、吉の口がへの字になる。

菓子の味の感想を吉が綴《つづ》っていたとぉんと帖を光太郎が拾ったことがきっかけで、吉は風香堂で働くことになったのだ。

「まさか。描けないなんて……」

「どこで拾ってきた娘なんだ？」

「馬喰町《ばくろちょう》だったかの口入屋を通してだと聞いてますけど」

「前川屋《まえかわや》か……」

「さぁ、店の名前までは」

「あのあたりでまっとうな商売をしているのは前川屋くらいだ」

口入屋は人の紹介をする店である。仕事を探している者と、人を雇いたい者を引き合わせ、両者から口銭《こうせん》をとる。中には女中仕事だといって、女衒《ぜげん》に売るといったあこぎなことにも手を染める店も少なからずあった。

馬琴は顎をなでた。

「描かしてみねえとわかんねえよな。まあ、絵を描けねえ娘でも、おめえが文句をいえる筋合いじゃねえし」

「そんな……」

馬琴はへへっと笑い、人の悪そうな表情を浮かべる。

「絹はあの通りだ。見習いなんかつけようもんなら、逃げ出しちまうわ。で、おめえが割《わり》を食う。それも浮き世ってこったぁ」

絹がかどわかされそうになったからこうなったとばかり吉は思っていたが、馬琴は、いずれにしてもそうなるはずだったという。また吉からため息がこぼれた。

「不景気な面《つら》、してんじゃねえよ。ほかに話はねえのか」

はっと吉は顔を上げ、昌平橋の近くで起きた捕り物のことについて話した。

「薬種屋で薬を盗もうとしたってか」

眉間《みけん》を寄せて馬琴は早口で繰り返した。

「盗んだのか、盗むまぎわで逃げ出したのか」

「さぁ」

吉は首をかしげた。馬琴が目をむく。

「さぁじゃねえよ。盗む前なら仕置きが軽くてすむ。盗んじまったら、首が落ちる、かもしれねえ」

「く、首が？」

「もし、十両もする薬だったらそうなっちまうじゃねえか」

十両以上の盗みをすると死罪が待っている。

「そ、そんな高直《こうじき》な薬、あるんですか」

「あるともさ。たとえばだな、朝鮮人参《ちようせんにんじん》！」

馬琴は立ち上がり、奥の書斎に消えていった。

昌平橋の船着き場から芝まで猪牙舟を使った。秋の穏《おだ》やかな日差しに川の水面《みなも》がきらきらと輝いていた。

め組の平吉はあいにく不在だったが、若い衆たちは読売の平吉の絵を見て、ほかの組の連中に自慢できると歓声を上げた。

め組を後にすると、吉は平河天満宮に向かった。澄み切った空に赤とんぼが飛んでいる。

平河天満宮は、湯島《ゆしま》天満宮と亀戸《かめいど》天満宮と並び、江戸三大天神《てんじん》のひとつに数えられている由緒ある神社だ。

徳川《とくがわ》家の祈願所として幕府に大切にされているうえ、年頃の娘たちにも縁結びの神社として人気が高い。娘たちは本殿《ほんでん》を参拝した後、境内《けいだい》に植えられた梅の木に手を合わせるのが決まりだった。仲の良い夫婦よろしく二つ連なって実がなる梅の木なのである。

この日は、力石を見物に押し寄せた老若男女《ろうにゃくなんにょ》で境内はいっぱいだった。境内の奥には、下帯《したおび》姿の男たちがすでに並んでいる。

だが、待ち合わせの昼九つ（正午）を過ぎても、すみは姿を現さない。

「いったい、どうしたって……」

やきもきしている間に、まもなく力石が始まるという合図《あいず》の触《ふ》れ太鼓が鳴り出した。

吉はしかたなくひとりで鳥居《とりい》をくぐり、力石の会場に向かった。

どーんどーんと太鼓の音が響き、会場を取り巻く人々から歓声が上がりはじめた。開始時刻である。

最初は二十四貫（九十キロ）の石だった。米俵一俵十六貫（六十キロ）を上回るが、力自慢の男たちは軽々と石を持ち上げた。

中にただひとりサラシで胸を巻いた上に半纏を羽織り、長股引《ながももひき》をはいている者がいた。

「え、女！」

吉は絶句した。

ほかの者よりやや背は低いが、体はどこもかしこも丸く、肩もぱんと盛り上がっている。髪が乱れないように、頭は手拭いを喧嘩《けんか》かぶりにしている。

年のころ、二十二、二十三だろうか。その女の番になると場がざわめいた。

「姉ちゃん、やめとけ！」

「女だてらにみっともねぇ」

「嫁のもらい手なくなるぜ」

観客がおもしろがってはやしたてる。女は唇をきっとかみしめた。顔がみるみる紅く染まる。

「女は力石に触っちゃならねえだろ」

「そうだそうだ。ひっこめ」

女は何をいわれても、動じない。まっすぐ前を見て立っている。

「今日は特別らしいぜ」

「男女の垣根をとっぱらってやるという趣向《しゅこう》らしい」

「まさか、女がでばってくるとは思わなかったな」

女が両足を肩幅に開き、腰を落とし、両手で力石を抱え、軽々と持ち上げてみせると、今まではやしたてていた男たちがむっと押し黙った。

次は二十八貫（百五キロ）、これも女は顔色ひとつ変えず持ち上げた。

三十貫（百十二キロ）……男たちが次々に脱落していくのに、女は確実に持ち上げ続ける。

ついに二人の男と女一人が残った。

最後の石は三十六貫（百三十五キロ）の重さだ。ここからは参加者が名乗りを上げる。日焼けした筋肉隆々《りゅうりゅう》の若い男がまず力石の前に立った。

「浜仲仕《はまなかし》の七之助《しちのすけ》」

低い声で名を名乗り、頭を下げた。浜仲仕は船から浜へ荷揚《にあ》げ荷おろしをする人夫《にんぷ》だ。

腰を落とし、両腕を回し、石を抱え込んだ。そのまま立ち上がる。太もも、臀《しり》、ふくらはぎの筋肉がぐいっと盛り上がった。

ドンと太鼓が鳴ると、慎重に石を置き、七之助は額の汗をぬぐって、ふうっと満足そうに息をはいた。

「剣術指南《けんじゅつしなん》。小日向宗右衛門《こひなたそうえもん》」

こちらは三十がらみの男だった。肩も腰もどっしりと、岩のような体をしている。小日向は鬼瓦《おにがわら》のような表情で、力石を持ち上げた。

「米問屋出羽《でわ》屋の奉公人。たつ」

たつは体に似合わぬかわいらしい声でいう。ころんとした腕を力石に回し、顔を真っ赤にして踏ん張り、力石をぐいと持ち上げ、足を伸ばした。

もうそろそろ太鼓が鳴っても良さそうなのに、太鼓が鳴らない。

どうしたんだと人々がざわつきはじめた。

たつの腕と足が小刻《こきざ》みに震えはじめる。への字に結ばれた唇もぶるぶると震える。

　やがてたつはふんと鼻から息をはき、腰を落とし、石を元あった場所に戻した。

　肩を落とし、うなだれている。悔しそうな表情が垣間《かいま》見えた。

　力石には七之助と小日向宗右衛門の名前が刻まれた。

　吉は肝《きも》が焼けてならなかった。

　たつは七之助や小日向と同じ、いや、もしかしたらもっと長く力石を持ち上げていた。女だから太鼓が鳴らなかったとしか思えない。

「残念でしたね、もうちょっとだったのに」

　すみの声が聞こえて、吉は振り向いた。すみは悪びれることなく、にこっと笑う。遅れてきたのに、すみませんの一言もない。

「初の聞き取りなのに、遅れてくるなんて」

「あら、私、来てましたよ。鳥居の前にずっと立っていたんです。待てど暮らせど、お吉さんが来ないから仕方なく、ひとりで後ろから見ていたら、見物人の中にお吉さんがいるんですもの。びっくりしちゃった。置いていかれちゃったんですね、あたし」

　しゃらっといって肩をすくめたすみに、吉はかちんときた。

「人聞き悪い言い方、よしてくださいな。昼九つ前から私は待っていたんです」

「え、力石が始まるのは昼九つ半でしょ。間に合えばいいって話じゃないですか」

「力石だけでなく、力石を楽しみに集まる人や境内のしつらえなど、私たちには見なきゃいけないものがたくさんあるでしょ」

「それならそうといってくださいよ」

ああいえばこういうで、まるで吉が悪いみたいな話になってしまう。吉はやりきれない気持ちになった。

「おすみさん。人にいわれたことだけしかやれないというんじゃ、この仕事、困るんです。いい絵を描くために、いろいろ自分の頭で考えてもらわないと。それに、今朝、私、昼九つに待ち合わせだといったはずです」

すみは小首をかしげた。

「あら、昼九つなんて聞いたかしら」

「光太郎さんと三人でいたときに、いったはずですけど」

光太郎と聞いて、すみは渋《しぶ》い顔になった。

「そうだったかしら。それは失礼申し上げました。ああ、怖い」

すみは形ばかり頭を下げ、肩をすくめた。

見物人たちは三々五々《さんさんごご》境内を後にしはじめている。

「では、お吉さん。仕事の段取りを教えてもらえますか。聞き取りは、浜仲仕の七之助さんと小日向宗右衛門さんのどちらに。それともふたりですか」

けろっと、すみが尋ねる。吉はちょっとばかり考えたが、すぐに答えた。

「おたつさんにしましょ」

「え、おたつさんって。一等じゃないじゃないですか」

「太鼓を打つ人がちゃんとやっていれば一等は三人だったはずよ。三等だって立派だったと思うの。おたつさんのことを書けば、女でもやれるんだって、胸がすく人が大勢いると思う」

すみは口をとがらせた。

「七之助さん、かっこいいのに」

ぶつぶついうすみにはかまわず、すみに、たつの顔を覚え、たつが力石を持ち上げている様なども思い出し、たつの好きな菓子とともに絵にできるようにしておいてほしいと改めて伝え、吉は境内の奥で汗をぬぐっているたつの元に行った。

賞品でもらった芋と柿が入った籠を傍《かたわ》らに置き、たつは階段にしゃがみこんでいた。

吉が読売の風香堂の書き手だと名乗ると、たつは小さな目を見開いた。

ぷくっと頰が丸く盛り上がっていて、顔立ちはお多福《たふく》そのものだ。三日月型の目、紅色のおちょぼ口。肌は日焼けしているが、つきたての餅のようにきめ細かい。

「あたいでいいのかい？　一等のふたりのほうがいいんじゃないい」

「おたつさんがいいんです。女が力石を持ち上げたなんて、それだけでも話になりますもの。並《な》み居《い》る男たちが脱落していく中、最後の三人まで入ったなんて、気が晴れるようでした。……三十六貫の石だってちゃんと持ち上げていたから、てっきり、太鼓が鳴ると思ったのに……」

たつは吉を見上げて、さっぱりという。

「まあ、三等をもらったんだから、上等だよ」

たつの奉公先の米問屋出羽屋は浅草《あさくさ》にあるという。

「はじめは女中をやってたんだけど、米俵を運びはじめて三年になるんだ」

「男衆と働いてんですか。米俵を担いで？」

「ああ」

「うわっ、すごい。ってか、そんな人、はじめて見た」

ずけっといったすみを、吉は目で黙《だま》らせた。

「男衆と同じに働くって、しんどいこともあるでしょうね」

吉が水を向けると、たつは軽くうなずいた。

「どこにでも、おなごと一緒のことなんかやってられるかと喧嘩腰になる男はいるさ。おなごは男に負けて当たり前と思ってっからね」

はじめのころは米俵を担いだとたん、押されて転ばされたりなんてことはしょっちゅうだったと、たつは続けた。

「でも何をいっても始まらない。いやならやめろといわれるだけだ。……あたいは米を運ぶのが好きでね。女中だと家の中だけで一日が終わっちまう。……米担ぎなら大八車《だいはちぐるま》を押して江戸の町を歩ける。届け先にも知り合いができる。給金《きゅうきん》もいい。男ほどはもらえなくても……」

出羽屋のおかみが力持ちのたつを見込んでくれたおかげだが、ここまで来るにはそれなりの苦労もあったらしい。

「女を認めたくない男に認められるためには、普通の働きじゃ足らない。男が米二俵担ぐなら、あたいも二俵担いだ。急な坂でも音《ね》を上げず、大八車を押した。
……おかげで、今じゃ、出羽屋に、あたいをつぶそうとする男はいなくなった。
やっと一人前として扱ってもらえるようになったんだ。力石で三等になれたの
も、そのおかげだよ」
「おたつさん、強くて偉いね。相当な意地っ張りなんだねぇ」
吉は感心していった。たつは澄んだ笑い声を上げた。
「どんな仕事でもおんなしだ。一人前になるには辛抱がいるって……あたいのお
っかさんも力自慢でね。おっかさんは、若いころは、米俵三俵を担いで歩けたと
いうのが自慢でさ。どこまでほんとかわかんないけど」
たつは干し柿が好物で、裏店の家で自分でも作っているという。
「渋柿の皮をむいて、日当たりと風通しのよい軒先《のきさき》にひもでつるして。外皮が固
くなったら、指で押すように軽くもんでやる。干してもんで、干してもんで……
これを繰り返せばうまい干し柿ができあがる」
とろりと笑っていう。
菓子で好きなのも、浅草のつたやという店の、里《さと》の秋《あき》という二種類の柿の菓子
だといった。

「おかみさんが里の秋をくだすったのは二年前の今頃だったかねぇ、うまくて、ほっぺたが落ちるかと思った」

ひとつには干し柿の中に栗のあんが入っていて、もうひとつにはくるみと白あんが詰められている。

「干し柿もねっとりと肉が厚くて柔らかくて……もう一度、食べてみたいねぇ」

そのとき、七之助が前を通りかかった。一等賞品の樽酒《たるざけ》を抱えている。

「おたつ、店にけえるんだろ。ついでだ。猪牙舟で浅草まで乗っけてくぜ」

「ほんと？　助かる」

たつが立ち上がった。すかさず、すみが口を開く。

「あの、だったら、あたしたちも乗っけてもらえませんか」

図々《ずうずう》しいまねはやめてと、吉が肘《ひじ》でついたが、すみは七之助を一心に見つめている。

「無理だな。たつは重たいし、樽酒もあるし、別の舟にしてくれ」

あっさりと断られ、すみの頬がぷいっと膨らんだ。

「すまないね。あたいは二人分だからさ」

よっこいしょと大きな体を起こして立ち上がり、一礼したたつを、すみはぶすっとした顔でにらんだ。

たつは、芋と柿が入った大きな籠を軽々と持ち上げて七之助の後を追う。その後ろ姿を見送り、吉はいった。

「私たちもさっさと浅草まで舟で行きますか」

「もう八つ近いのに、これから浅草までですか……」

すみは眉を寄せた。七之助の舟に乗るならいいが、吉と仕事だけのためにわざわざ浅草には行きたくないという気持ちがありありだ。

「つたやさんに行けば、ネタが揃う。話もまとめられるし、絵も描ける。おすみさんも、絵を描く時間がたっぷりあったほうがいいでしょ。さ、行こう」

吉が肩をぽんとたたくと、すみはおおげさに「あ、痛っ」と肩をおさえた。

つたやは浅草寺《せんそうじ》の参道に面した間口一間（約一・八メートル）ばかりの小さな店だった。

売り子に取り次ぎを頼むと、五十をいくつか過ぎた岩蔵《いわぞう》という菓子職人が出てきた。小柄な男で、前掛けをかけ、手拭いを頭にかぶっている。ごま塩のもみあげが長かった。

「力石で三等になった女？　そいつぁまた、奇特《きとく》なこって。出羽屋のおたつ？

知りやせんなぁ。風香堂さんの読売の菓子の記事は気になってたんですが、一等の男だったらよかったのに、三等の女がうちの菓子をねぇ」

不機嫌さを隠そうともしない岩蔵をなだめすかして、吉はなんとか話を引き出した。

「ご紹介したら、きっと里の秋を食べてみたいという人が、店に押しかけると思います。それにしても、見るからに肉厚のしっかりした干し柿ですね。驚きました」

吉は里の秋を見つめながらいう。

「この菓子は干し柿の善《よ》し悪《あ》しで決まる。上州《じょうしゅう》の干し柿を使ってるんでさぁ」

吉におだてられ、機嫌《きげん》を直した岩蔵は、栗のあんと、白あんの甘みが、柿のうまみを邪魔しないように塩梅しているると、胸をはった。

里の秋を求め、風香堂に戻ったころには、日はすっかり傾《かたむ》いていた。

「ただいま戻りました」

「お帰り」

光太郎が顔を上げる。

真二郎と絹は筆を握っていた。

吉は猫板《ねこいた》に湯飲みを並べ、火鉢《ひばち》にかかっていた鉄瓶を取り上げながら、光太郎に力石で三等になったたつの聞き取りをしてきたと切り出した。

「女が！　力石！　いいじゃねえか。うちの読売にぴったりだ。で、菓子は？」

「浅草のつたやの里の秋という名の干し柿の菓子です。でも……」

力石の女の好きな菓子として紹介されるのを主がいやがったと伝えると、光太郎は意外なことにほくそえんだ。

「力石を持ち上げた女の好きなものだと書かれたら、菓子まで軽く見られるってか？」

「そういうことだと思います」

「いい話じゃねえか」

「なんで、それがいいんですか」

言わんとしていることがわからず、きょとんと吉は光太郎を見た。

「その菓子屋も、女が力石で入賞するなんて思ってもみなかったってことだからさ。お吉、おめえもそう思ったから、聞き取りの相手をおたつにしたんじゃねぇのか。根っこのところは、つたやの主もお吉も一緒ってことよ。ただ、おめえは結構なことだと手を打ったが、つたやはその逆に苦々しく思ったたってことさ」

そういわれてもわからない。吉はまばたきを繰り返した。

「お吉、黒いカラスと白いカラスのどっちがおもしれえか考えてみろ。白いカラスに決まってらあ。……みんなが納得できることなんざ、読売に載せたって仕方ねえ。なんだこりゃって話をみんな、読んだり聞いたりしてえんだ」

「おたつさんは、白いカラス……」

「女が力石に出るなんておかしい、女が入賞するなんて許せん……そういって息まく輩《やから》がいる話のほうが売れたりもする。当たりめえじゃねぇことが、この世にあるってことを伝えるのが、読売の役目のひとつでもあるしな」

吉は里の秋二種をすみに渡し、これを見て絵を描くようにいった。

「絵を描いたら、食べていいからね」

残りの里の秋を皿に並べ、今日持ってきた翠緑堂の栗羊羹も切り、真二郎にも声をかける。

「栗羊羹は、今日から翠緑堂で売り出した初物です。どうぞ召し上がってください」

「栗羊羹？」

絹が筆を止め、顔を上げた。

「私もいただきますわ」

「えっ？」

思わず吉はまじまじと絹の顔を見つめた。

絹は甘味が好きではなく、食間に菓子をつまむ習慣もない。「菓子の類は一切、結構です」とけんもほろろに断られて以来、絹には菓子を出さないようにしていた。

絹は挑むように吉を見返す。

「栗は好きなんですの、私」

「では、里の秋もぜひ召し上がってください。干し柿の中に栗あんが入っていますので」

絹は胸元から懐紙《かいし》を取り出すと、栗羊羹一切れと栗あんが入った干し柿をとった。

吉も里の秋二種を懐紙に乗せ、口にした。

「これは……」

菓子屋の岩蔵が言った通り、里の秋の干し柿は最高の出来具合だ。

ねっとりとしていて、きめ細やか。上品な甘さが口の中にはじけるように広がり、次に甘さ控えめな栗あんが追いかけてくる。

もうひとつの干し柿の中には、白あんとくるみが入っているのだが、白あんはくるみと干し柿のつなぎのような配分で、さらっとしたあんの甘さが、くるみの香ばしさと干し柿のうまみをいい具合に引き立てている。

目を閉じると、吉は、たつが笑顔で里の秋をほおばっている姿が見えるような気がした。

「おいしゅうございました」

満足げにいって一礼し、自分の机に戻ろうとした絹に吉が尋ねた。

「お絹さん、今日は何の聞き取りをなさったんですか」

「それが何か」

何かというほどのものではなく、ふと尋ねたにすぎない。

「いえ、お忙しそうだなぁと思って……」

絹はふんと鼻を鳴らした。

「両国広小路《りょうごくひろこうじ》で開かれた女装比べです」

「女装比べですって？」

すみがいきなり、げらげら笑いはじめた。

「男が女の格好《かっこう》をしたんですか？　うわっ、気持ち悪い」

「気持ち悪いの一言で片付けてしまうのは、いかがなものでしょう」

絹は目を細め、すみを見据《みす》えている。

「だって女の格好をしたがる男なんて、ね、真二郎さん」

お茶を飲んでいた真二郎がうっとむせた。手拭いで口元をぬぐい、ふっと笑う。

「おれはおもしろかったがな。歌舞伎だって、男の役者が女の格好をしている。はっとするほどきれいな女に化《ば》けている者もいたぜ。見物人もやんややんやと盛り上がっていた。いいんじゃねえのか、女の格好をしてみたいという手合いがいても」

すみは考え込み、もう一度真二郎を見つめる。

「すみは男らしい格好をしている男の方が好きだけど」

「ばかばかしい。あなたの好みに、誰も興味ございませんわ。一銭にもなりゃしません。男は女に、女は男に、お武家は町人に、町人はお武家に、女中は姫君に……。変わってみたいという気持ちを持つ人がいる、そういう人をおもしろがる人もいる、だから読み物になるんです」

絹が横からばっさりとすみの話を切って捨てた。

「ああ、その言い方、なんて恐ろしい。いつだってお絹さんは自信たっぷりなんだから」

すみのつぶやきを絹は聞き逃さない。

「思ったことをそのまま口にするのはおやめなさい。ここは井戸端《いどばた》じゃございません」

吉は胸がすっとする気がした。まさに、吉がすみにいいたかったことを、絹が代弁してくれたのだ。

同時に、ため息がこぼれた。これからも吉は、こんなすみとずっと一緒に行動しなければならないのだ。

まもなく絹は筆を置いて、絵を描き終えた真二郎と帰っていった。

吉もたつの話をまとめ終え、立ち上がった。すみは何度も絵を光太郎に見せているが、そのたびに描き直しを命じられている。

「お先に失礼してもいいですか。今日、ちょっと松五郎さんのところによばれていて」

「おうっ、帰れ帰れ。よろしくいっといてくれ」

光太郎は機嫌良くいった。

すみは筆を握ったまま、顔だけ上げた。悔しそうな表情で吉をにらみ、きゅっと口の端を上げ、また自分の絵に目を落とす。挨拶はなかった。

「姉ちゃん！」

玄関を開けると、勝太が奥から駆けてきた。

「お吉、待ってたよ。おなかがすいただろう。今日はお吉の好きな鯵《あじ》の塩焼きだ」

それぞれのお膳《ぜん》にかかっていた布をとると、鯵の塩焼きがどんとあらわれた。春菊《しゅんぎく》とにんじんとこんにゃくの白和《しらあ》え、里芋《さといも》の煮もの、漬け物、勝太の好きな卵焼きも並んでいた。

勝太が歓声を上げた。

「すげえ。ごちそうだ」

「さ、お吉。ご飯をよそっておくれ。あたしは味噌汁《みそしる》を持ってくるから。小松菜と油揚げの味噌汁だよ」

勝太の笑顔を満足げに見つめ、いそいそと民がお勝手に向かう。

男は畳《たたみ》の部屋、女は板の間で食事をするところも多いが、松五郎の家ではみんなでお膳を囲む。

民の手料理は、どれもいい味わいで、感謝の気持ちで吉の胸がいっぱいになった。今日の疲れをねぎらってもらい、手を濡らすことなく、ごちそうに舌鼓《したつづみ》を打ち、みなの笑顔に囲まれると、すみのこともどうでもよく思えてきた。

民は勝太の鯵の骨をとってやりながら吉にいう。

「明日は、勝太と三人で浅草御門《ごもん》から、雷　門《かみなりもん》、金龍山浅草寺《きんりゅうざんせんそうじ》、待乳山聖天《まっちやましょうでん》と回ってくるよ」

「浅草といえば、高砂関がお好きな手作り最中《もなか》がありますよ」

「おうよ。福来雀《ふくらすずめ》だったな」

松五郎が後ろの棚から読売を取り出した。

「《左党《さとう》で、辛口の酒に目のない高砂だが、稽古《けいこ》の合間に、よく食べるのは、浅草・福来雀の手作り最中……『さくっと香ばしく焼かれている皮と、甘いあんこの組み合わせが癖になるんだ』》」

自分が書いた文を松五郎に読まれ、吉の顔に赤みが差した。

「あ、旦那さん。仲見世《なかみせ》につたやという小さな菓子屋があるんですけど、そこの里の秋という菓子もぜひ召し上がってきてください」

「里の秋？　柿か栗か」

「干し柿に栗あん、もうひとつは干し柿にくるみと白あんの二種です。平河天満宮の力石で三等になったおたつさんという人の好物で。絶品でした」

「つたやだな。よし、行ってみよう」

民がぱちぱちとまばたきを繰り返して、前のめりになった。

「ねえ、お吉。おたつさん、って女の名前だよね」

「はい。出羽屋というお米屋さんに奉公している人で……」

「女が力石で三等になったのかい？」

「ええ。並み居る男たちをしりぞけて」

民の口からほぉ〜っと声がもれ出た。

「大したもんだねぇ。女が男に交《ま》じって、三等！　嬉しいじゃないか。あんた、つたや、必ず行ってみよう」

「だから、行くっていってんじゃねえか……それにしても浅草なんて、久しぶりだ。どこにどんな店があるか忘れちまった」

松五郎がつるりと顎をなでる。民が苦笑した。

「とんだお上《のぼ》りさん。今浦島《いまうらしま》ですよ」

「噂の娘義太夫《むすめぎだゆう》も聞いてくるか」

「いいですね」

帰り道、空を見上げると、大きな月が輝いていた。提灯《ちょうちん》を持たされたが、月の光だけで十分なほどの明るさだった。

神田祭《かんだまつり》が近いからか、遠くから笛や太鼓を稽古する音が聞こえる。そろいの半纏を着た男たちともすれ違った。神田祭が終われば根津《ねづ》神社の祭りだ。それが終われば白山神社例大祭が待っている。白山神社例大祭《はくさんじんじゃれいたいさい》が待っている。これから江戸は秋祭り一色になる。

その晩、吉は床《とこ》に入る前に、翠緑堂の勇吉が作った栗羊羹と、里の秋二種のことをとぉんと帖に書いた。

明日、刷《す》り上がった読売を持って、里の秋をたつに届けてやろうと思った。たつはきっとおいしそうに食べてくれるだろう。その顔が早く見たかった。

煙出窓《けむりでまど》から月の光が差し込んでいる。秋の夜はしんしんと更《ふ》けていく。もう笛や太鼓の音も聞こえない。

その二　お天道様《てんとさま》の味

晴れているものの、朝の空気はきんと冷えていた。

通り道の家々の前には、丹精《たんせい》された菊や小菊が咲き誇っている。黄色、白、赤。ぼさ菊もあれば、支柱に支えられた大輪《たいりん》の花もある。いずれも、朝日に照らされ、すがすがしい匂いとともに大いなる生命力を感じさせる。

まもなく万町だ。吉は耳を澄ました。読売《よみうり》の発売日の売り手の口上《こうじょう》が吉の新たな楽しみになっている。

――神田、根津、秋祭りの支度《したく》でてんやわんやの昨今《さっこん》。うきうき浮かれていやせんか。そろいの法被《はっぴ》を身に着けて、ねじりはち巻き、キリッとしめりゃ、男ぶりがぐいと上がったような心持ちにならぁな。

おまけに水茶屋《みずちゃや》の娘に「ほんとはにいさんにほれてんの」と耳元でささやかれ、指でほりほり胸元をこすられりゃ、「そうかいそうだったのかい、おいらもほの字だぜ」と、鼻の下をだらんと伸ばして、巾着《きんちゃく》のひもを緩めちまう。

笑ってる場合じゃないぜ。にいさん。

胸に手をあてて、じぃっと考えてみなせえよ。思い当たることがないとはいわせねぇ。

そこでだ。にいさんたちの気が緩み、巾着がすっからかんになるめえに、この読売を読んでみねぇ――

今日の読売は、『嘘比《うそくら》べ見立《みた》て番付《ばんづけ》』だ。

――「ほれましたという茶屋女」は、さぁ、何番だ？　大関《おおぜき》？　いやいや、前頭《まえがしら》なんだな、これが。

となると、東の大関は？　西の大関は？

さぁ、買っとくれ。読んで笑って、気を引き締め、楽しい祭りにしようじゃねえか――

――八月の大雨大風、覚えてるかい？　天水桶《てんすいおけ》をひっくり返したような雨が丸二日続いて、大風が吹きまくった。ご神木《しんぼく》が倒れた神社もあったよなぁ。

翌朝はここ日本橋もぐちゃぐちゃのどろどろ。どっから飛んできたのか、おっきな枝や屋根瓦《がわら》まで散らばって、後片付けにおおわらわだったよな。

大川端《おおかわばた》もひでえあり様だった。大川から水が上がって、畳《たたみ》が水没した家は百を超えた。

それよりひどかったのが、漁師町の浦安《うらやす》だ。

町にどっと水が流れ込み、数十戸の家が流れちまった。あっこは、山も丘もねえ低い土地だ。逃げ場がねえんだ。

兄さん、姉さん、おとっつぁん、おっかさん、家が流されそうになったらどうする？

ここにひとりの男がいる。還暦《かんれき》をすぎたばかりの漁師・弥助《やすけ》だ。

がたっ、みしっ。

水の力で家が動きはじめたとき、弥助はこのままでは自分の命が危ねえと思った。濁流に家が飲み込まれたら、一巻《いっかん》の終わりだ。

時は真夜中、丑《うし》三つ時（午前二時〜二時半）。あたりは真っ暗。闇の中だ。

弥助はとっさに屋根に上《のぼ》った。

家は屋根の上に弥助を乗せたまま、泥水の中をゆっくり動いていく。

万事休《ばんじきゅう》す！

だがそのとき、弥助は家が神社の境内《けいだい》に立つ樫《かし》の木の下を通っていることに気が付いた。頭上には樫の木の枝。吹きつける風、たたきつける雨。

弥助はきっと枝をみつめ、両手を伸ばし、飛んだ。そして枝にぶらさがった。

弥助は体を大きく揺らし、枝に足をまきつけた。

そのとき、弥助の目に何が映ったか。四方から押し寄せる泥水にめりめりと音をたてて壊れていく我が家の屋根だったそうだ。ぞっとする眺めじゃねえか。

弥助はあたりが明るくなり、水が引くまでずっとその枝に座り、木の幹に抱きついて過ごした。

なぜ弥助は命拾いできたのか。六十の男が軽業師《かるわざし》みてぇなことがなぜできたのか。

この読売に全部書いてある。天災は忘れたころにやってくる。

さぁ、弥助の鍛練《たんれん》法、生き残り法をまねしちゃみねえか――

聞こえてくる口上は、清一郎が作っている読売のものだけだった。

吉が書いた力石《ちからいし》のおたつの話、絹が書いた女装比べのことについて述《の》べる売り手はいない。

駆《か》け寄ると、売り手は吉に読売を差し出して、早口でいった。

「光太郎さんとこの読売の発売は明日に延期だそうだ。あ、お代《だい》はいいぜ」

清一郎の読売は抱き合わせ記事ではなく、それぞれ一枚一つの内容にまとめてある。

『嘘比べ見立て番付』の東の大関は「女は嫌いだという若い男」。西の大関は「早く死にたいという年寄り」。

以下、「診《み》せるのが遅かったというやぶ医者」「尼《あま》になりたいという娘」「惚《ほ》れましたという茶屋女《ちゃやおんな》」「元値じゃという商人」「生きておりますという魚売り」「この女は姪《めい》でござるという坊主」など、思わず噴き出すような、あるある話が並んでいた。

一方、弥助の話には風雨をものともせず木の枝にすっくと立つ仙人のような老人の絵が描かれ、体を鍛《きた》える呼吸法、石を使って腕を上げ下げする鍛練法などが書かれている。

読売を求める人に囲まれて、売り手はたちまち見えなくなった。

二階に上がると、光太郎が苦虫をかみつぶしたような顔で腕を組んでいた。絹も憮然《ぶぜん》とした表情で座っている。

「おはようございます。あの……」

「今日の発売は延期だ。すみの絵がなぁ」

昨日、遅くまで描き直しをしたものの、光太郎の納得したものができず、今日また描くことになったという。

「はぁ。そうでしたか」

昨日のすみの仕事ぶりを思い出して、吉は小さく息をはいた。

すみの仕事ぶりは粗《あら》かった。思いつくまま、さっと絵を描いてしまう。たつが力石を持ち上げる姿、菓子《かし》の里の秋……工夫がなくて、ただ見たまんまを描くにすぎない。

女が力石に挑《いど》む思いとか、たつが普段、男に交《ま》じって米俵を運ぶ仕事をしているたくましさと矜持《きょうじ》、干し柿が好きだといったときの笑顔ににじんだ思いがけないかわいらしさなどが、どこにも描かれていない。

そのうえ、光太郎から突き返されても、いわれたところだけを変えて描き直してしまう。なぜだめなのか、考えることをしない。

絵の線はきれいだが、気持ちがこめられていないのだ。

四半刻ほど待ったが、風香堂にすみは姿を現さなかった。もうとっくに顔を出さなければならない時間は過ぎている。

「おすみさん、逃げたのかしら」

絹がさらっといって、吉を見た。

「まさか。まだ勤めはじめて何日にもならないのに」

「一日でやめた人だっていますよ」

「そんな……私、見てきます。おすみさんの家はどこですか」

「お吉さん、おせっかいが過ぎません？」

横目で絹は吉を見て、ふっと鼻先で笑う。吉はその目を見返した。

「だっておすみさんの絵がないと読売が出せないんですから」

「おすみさんがだめなら、真二郎さんにお願いしたっていいのに」

「でも、おすみさんはおたつさんの聞き取りに同行しましたし」

「ま、そういうことでしたら、どうぞご勝手に」

吉は光太郎に膝《ひざ》を向けた。光太郎は吉が淹《い》れたお茶を仏頂面《ぶっちょうづら》でがぶりと飲んだ。

「……旦那《だんな》さん」

「本小田原町《ほんおだわらちょう》の長次郎長屋《ちょうじろうながや》だ」

本小田原町は日本橋を渡ってすぐだ。

吉が腰を上げようとしたとき、すみが姿を現した。

「遅くなりまして申し訳ありません。祖母の具合が悪くなりまして。……二人暮らしなもんですから」

足早に光太郎の前に進み出て、頭を下げた。

「何か持病でもあるのか？」

「いえ、風邪《かぜ》をひいたらしくて、咳《せき》がひどかったものですから。でももう大丈夫です」

「わかった。では仕事にとりかかってくれ」

光太郎は吉を手招きした。

「で、次は誰に聞き取りをする？　女の有名どころがいいな」

「娘義太夫《むすめぎだゆう》はどうでしょうか」

吉は即答した。娘義太夫は若い男たちに人気沸騰中で、あの松五郎と民が芝居小屋にわざわざ行こうというほど町の話題になっている。

光太郎は膝をぽんとたたいた。

「いいな。娘義太夫で行こう。で、誰だ？」

「…………」

吉は娘義太夫を聞いたこともなかった。光太郎がそれを見透かしたようにいう。

「芝居小屋に行って、実際に娘義太夫を聴いてこい。お吉はまだ、本物を聴いたことはねえんだろ」

「はい」

吉は一礼して、立ち上がった。

「いいなぁ。娘義太夫。あたしも行ってみたい……」

筆を止めたすみに、吉はいたわるようにいった。

「大変だったのね。おばあさん。もう大丈夫なの」

「……なんとか」

「誰か、近くに助けてくれる人はいるの？」

すみの祖母の病気の話を聞いて、弟妹が季節の変わり目などに熱を出したときのことを吉は思い出していた。

仕事に行かなければならないとはわかっていても、苦しそうに息をしている弟妹を置いて行くのはつらかった。医者は高直《こうじき》で風邪くらいではとても見せられないし、売薬《ばいやく》だって吉の給金ではなかなかまかなえなかった。

枕元から離れがたい吉の気持ちを察して、長屋のおかみさんが民を呼んできてくれたり、看病を買って出てくれたこともあった。ひとりで家族を養う女には、誰かの助けがやはり必要なのだ。

「助けてくれる人？　そんな人、ありゃしませんよ」

けんもほろろに、すみが言い捨てる。

「じゃ、おばあさん、今、ひとりで寝てるんですか？」

「そうに決まってるでしょ」

「あたし出がけにちょいと見てきましょうか。本小田原町だったら、馬琴先生の家へ行く途中だし」

「なんであたいの家を知ってるの」

突然、すみはとがった声を出した。その剣幕《けんまく》に驚きつつ、吉が今、光太郎から聞いたのだと伝えると、すみは顎《あご》を突き出した。

「おせっかいは結構です。かえって迷惑です」

「おすみ、そんな言い方はねえだろ。お吉はおめえのことを心配していってんだ。おめえが刻限まで来ねえから、様子を見に行くとまでいったんだぜ。年寄りの具合が悪いと聞いて、ついでに様子を見てこようってのが、そんなに悪いか」

光太郎が低い声で言う。すみは唇《くちびる》をかみ、吉を見ると、軽く頭を下げた。

「ご心配をおかけして……でも、ご心配は無用です」

「お吉、ということだ。さっさと仕事に行ってこい。手ぶらでけえってくるんじゃねえぞ」

光太郎が悪い気分を吹き飛ばすような大きな声でいった。

外に読売売りの姿はもうなかった。ここで売る分は売りきり、ほかの町に移動したのだろう。

「姉さん、はい、ごめんよ」

やっちゃばで仕入れてきた大根や小松菜をどっさり持った棒手振《ぼてふ》りが吉のすぐ脇を通り過ぎる。日本橋のいつもの賑《にぎ》やかな光景が広がっていた。

吉は日本橋を渡った。

風香堂で働きはじめたのは五月だった。それから四か月が過ぎた。

まだ四か月。されど四か月。

それまで菓子屋の女中として働いていた吉にとって、風香堂での出来事は驚きの連続だった。はじめは自分の頭でものを考え言葉にするのは、怖いようなことでもあった。

本当におまえはそう考えているのかと、光太郎に問われ、不安になって、ひるみそうになったこともある。

物騒《ぶっそう》な事件に巻き込まれて怖い目にもあった。

絹のかどわかしのようなことも起きたりする。

さまざまな出来事が世の中では起きていて、平穏《へいおん》に日々を送ることは本当に得《え》難《がた》く、ありがたいことなのだとも実感させられる。

そして、いつしか風香堂が、吉の居場所になっていた。

主《あるじ》の光太郎は思っていた以上に大《たい》した人物だった。

口は悪く、皮肉やだが、商《あきな》いはうまく、文章の指南も的確で、世の中を見る目も確かだ。

今、人が何を求めているのか、その気持ちの移り変わりに抜け目なく目を光らせている。ものごとの表面だけでなく、どんな力が働いているのか、どんな思惑《おもわく》が潜んでいるのか、奥の奥までじっと見据えるのだ。

それでいて、人の思いをくみ取り信じる素朴《そぼく》さのようなものも持ち合わせている。

吉や真二郎や絹はもちろん、喧嘩《けんか》ばかりしている二階の主で息子の清一郎も、だからこそ光太郎を信頼しているのだろう。

近頃は、光太郎の期待にこたえたいと吉は思うようになっていた。

金糸雀《カナリア》の世話が終わると、吉は馬琴に娘義太夫について尋ねた。

版元や絵師、ひいき筋《すじ》などがしょっちゅう出入りしているからか、馬琴は早耳で物知りだ。幕府の動きから両国広小路の手妻師《てづまし》のことまでおさえている。

「みっともねえ話よなぁ。わけえ男どもが鼻の下長くして、わさわさ押しかけてやがる姿は。今、評判なのは、浅草の寿太郎《じゆたろう》。年は十六。ほんとは二つか三つ、上だろうがな。この寿太郎に『曾根崎心中《そねざきしんじゆう》』を語らせたら右に出る者はいないなんていわれてるが、おれにいわせりゃ、まあまあだな」

光太郎に輪をかけて馬琴は毒舌だった。好き嫌いも激しく、気に入らない客はすぐに出入禁止にしてしまう。馬琴がまあまあだというのは、相当良いということでもある。

「娘義太夫をご覧になったことはあるんですか」

「ねえわけねえだろ」

つい言わずもがなのことを聞いてしまった吉を、馬琴はじろっとにらみつける。あわてて吉は失礼しましたと頭を下げた。

「娘がうなってるってだけで騒ぐやつの気が知れねえよ。どうせなら、おれはもそっと年増《としま》の方がいいしな」

「ご高説《こうせつ》、ありがたく承《うけたまわ》りました」

心の中で苦笑しつつ、吉は頭を下げた。

馬琴は、昨日の昌平橋近くで起きた捕り物の顚末《てんまつ》についても語った。吉が目撃した男の件である。

「解《と》き放ちになったそうだぜ。店の方が何も盗まれてねえからと、大事《おおごと》にしねえようにと頼み込んだらしい。薬種屋もほっと胸をなでおろしただろう。自分の店がらみで縄付きなんか出したくねえからな」

吉も心底よかったと思った。少なくとも男は病の家族の元に帰ることができる。

馬琴の家を後にし、吉は早速、寿太郎の芝居小屋がある浅草に向かった。

不忍池《しのばずのいけ》が見えたと思ったら、向こうから歩いてきた男に声をかけられた。

「姉さん、お吉さんだろ、風香堂の」

縞《しま》の袷《あわせ》に群青色《ぐんじよう》の博多献上《はかたけんじよう》、藍《あい》の羽織《はおり》姿に風呂敷を抱えている。だが、ナヨッとしていて、どことなく白粉《おしろい》くさい。

親しげに挨拶《あいさつ》されても、吉は相手が誰かすぐには見当《けんとう》がつかなかった。

「すぐわかったぜ。ほかの女より首ひとつでかいから。ちょうどいいところで会えた」

でかいといわれて、吉はわずかに眉根《まゆね》を寄せたが、男は人懐《ひとなつ》っこい笑顔で続ける。

「團十郎さんからの伝言を頼まれていたんだ」

「あ……まあ……」

いつもは尻《しり》っ端折《ぱしよ》りで走り回っている團十郎の付き人のひとりだった。めかし込んで、ひげも月代《さかやき》もきれいにあたっている。わからないのも道理《どうり》だった。

「栗羊羹《くりようかん》、團十郎さんが喜んでなさった。次の舞台はぜがひでも、見ておくれとのことだ。長男の新之助《しんのすけ》さんが六代目海老蔵《えびぞう》を襲名《しゆうめい》する襲名興行だ。それでおいらたちゃあ、今、ごひいきのところに手拭いを配り回っているってしでえよ」

團十郎は稽古の合間に息子を膝に乗せ、栗羊羹を食べたという。自分が子どものころ、祖父や父にしてもらったように。

いつか八代目團十郎となる息子も、その日を懐かしく思い出すのだろうか。

「ぜひ、見させていただきます」

それじゃと行こうとした付き人を吉は呼び止め、人気の娘義太夫は誰かと尋ねた。

「寿太郎もいいが、若駒《わかごま》も近頃、めきめきと腕を上げてる。しばらく休んでいたけど、それがよかったのか、半年前に復帰してから、声の張りが違うって評判だぜ」

若駒もやはり浅草の小屋に出ているという。

芝居小屋のたぐいは、浅草は浅草でも、奥山《おくやま》と呼ばれる浅草寺の西北の地にぎゅっと固まって並んでいた。

芝居小屋だけでなく参拝者がひと息入れる水茶屋、猿芝居《さるしばい》、軽業《かるわざ》、手妻などの大道芸人、らくだや象《ぞう》といった珍しい動物の見世物《みせもの》……人々を楽しませるものがぎゅっと集まった娯楽の地が奥山だった。

若駒と寿太郎の小屋は並んでおり、それぞれたくさんの幟《のぼり》が立ち並び、人々がごった返していた。

「寿太郎はひとりでいくつもの声を使い分け、よよよと泣き崩れるところがたまんねえ」

「いや、若駒の声が抜きん出てるぜ。まるで天鵞絨《びろうど》のような甘い声。こたえられねえよ」

大店《おおだな》のどら息子、旗本の次男、三男……暇を持てあましている若者たちが身をよじらんばかりに娘義太夫の魅力を口にする。吉も娘義太夫の芸を見てみたいと小屋にかけあったが、どちらも満員御礼。もう席はなかった。

「お吉、おまえも浅草に来てたのかい？」

民の声がした。振り向くと、民と松五郎が勝太の手を引いてにこにこ笑っている。昨日、三人が浅草に行くといっていたことを思い出した。

「娘義太夫、ご覧になりました？」

民は首を横に振って、満員御礼の札を指さす。

「また今度のお楽しみだ」

三人は浅草見物を終え、これから猪牙舟《ちょきぶね》で勝太を市ヶ谷揚場町まで送っていくという。

「よかったら、昌平橋まで乗せてくよ？」

「いいんですか？」

「いいに決まってるだろ」

大川には秋風が音をたてて吹き渡っている。空には鱗雲《うろこぐも》がたなびいていた。

「浅草、いかがでしたか」

「なんで女ってのは買い物が好きで、あれほど物見高《ものみだか》いのかね」

松五郎がいかにもくたびれた調子でいった。民が苦笑する。

「ご愁傷様《しゅうしょうさま》でござんした。……何しろ、久しぶりだったからね。私らはすっかりお上《のぼ》りさんだったよ。どこに何があるのか、さっぱりわからないんだもの。となると、この店は何を売ってんのか、入ってみたくなるじゃないか。ねぇ」

民が同意を得るように吉を見た。

「おばちゃん、おもしろかったよ」

民はそういった勝太をぎゅっと抱きしめた。

「今度は神田祭においでね。一緒に山車《だし》を見て、ごちそうを食べよう。ね、あんた」

「勝太と一緒に神田祭か。いいな。勝太、待ってるぞ」

「はい」

勝太の父親は干菓子などの木型職人で、腕を磨くために尾張におもむき、さらに修業を重ねている。そのため、勝太は長屋で父の弟子と二人暮らしだった。

吉は昌平橋の船着き場で降り、市ヶ谷揚場町に向かう猪牙舟を見送った。


寿太郎と若駒、両方の聞き取りをしたいと吉がいうと、光太郎はその理由を尋ねた。吉は考えながら言葉を選ぶ。

「人気が拮抗《きっこう》しているというのもありますけど、どちらかひとりより、ふたりとも載せることで、奥山の小屋のまわりに集まっている男たちはもちろん、男たちの羨望《せんぼう》を集めている娘義太夫に憧《あこが》れる若い女たちにも、読売を買ってもらえると思いまして」

光太郎がうなずいた。

まだ、すみはたつの絵を描き終えていなかった。描いてはだめ、描いてはだめを一日繰り返していたらしく、描き損じの紙がすみのまわりに散乱している。

「お吉、今日は帰っていいぞ」

光太郎がいった。

「それじゃ、お先に失礼します」

吉が立ち上がろうとしたとき、すみと目があった。すみは筆を止め、うんざりという表情で顔をしかめた。

病気の祖母が心配なのかもしれないと思い、吉はとっさに口にした。

「おせっかいかもしれないけど、帰りがけにおばあさんの具合見てこようか」

「……よけいなこと、しないで」

とがった短刀のような声が帰ってきた。光太郎の顔が上がる。

「おすみ、今日は帰ってばあさんの面倒を見てやれ。明日、またやり直せばいい」

「なら、そうさせてもらいます」

無愛想《ぶあいそう》にいい、荷物をまとめ、すみは帰っていく。

「お吉さん。あの娘に、挨拶と行儀作法を教えることからはじめた方がよろしいんじゃなくて」

絹の嫌味が飛んできた。

翌朝早くから小屋の前に並んで、吉は寿太郎の義太夫を聞いた。

「此《こ》の世のなごり夜もなごり　死ににゆく身をたとふれば
あだしが原《はら》の道の霜《しも》一足づつに消えてゆく　夢の夢こそあはれなれ。

あれ数ふれば暁《あかつき》の　七つの時が六つ鳴りて　残る一つが今生《こんじよう》の。

鐘の響きの聞きをさめ。寂滅為楽《じやくめついらく》とひびくなり。

鐘ばかりかは草も木も　空もなごりと見上《みあ》ぐれば。雲心《くもこころ》なき水のおと。

北斗《ほくと》はさえて影うつる　星の妹背《いもせ》の天《あま》の川《がわ》。

梅田《うめだ》の橋をかささぎの　橋と契《ちぎ》りていつまでも。

我とそなたは女夫星《めおとぼし》。必ず添《そ》ふとすがり寄り。

二人が中に降る涙。川の水嵩《みずかさ》もまさるべし」

寿太郎が『曾根崎心中』のもっとも有名な部分を歌うと、男たちがうぉ～～っと獣《けもの》のような咆哮《ほうこう》をあげた。

みな、うっとりとした表情だ。目に涙を浮かべている者さえいる。

『曾根崎心中』は、曾根崎天神《てんじん》の森で起こった、お初徳兵衛《はつとくべえ》の心中事件をもとに、近松門左衛門《ちかまつもんざえもん》が、書いた作品だ。

手代《てだい》の徳兵衛は主人の姪《めい》との縁談を断ったうえ、主人に返す金を友人にだましとられ、窮地《きゆうち》に追いやられてしまう。にっちもさっちもいかなくなった徳兵衛は、愛する遊女《ゆうじょ》のお初とともに、曾根崎の天神の森への道行《みちゆき》を選ぶ。それがこの場面だ。

（この夜が私たち最後の夜、はかなく消えてゆく霜のように、ふたりの命も消えてゆく。

今、暁の鐘が六つ鳴ったわ。もう一つ鳴ると夜明けがくる、それが私たちの聞き納めなのね。

鐘の響きも、草も木も空も、これが最後だと思うとなんてきれいなんでしょう。見上げると、ただ雲が流れる様も、水の音すらも美しい。

空に輝く北斗七星が、水面《みなも》に映っているわ。この川は彦星《ひこぼし》と織《お》り姫《ひめ》が夫婦の契りをかわした天の川のよう。

梅田の橋はあなたと私のちぎりの橋。

あの世でふたりは夫婦星になって、必ず一緒になりましょうね。

ふたりが流す涙で、きっと川の水かさが増えていく……）

天神の森につくと、徳兵衛は震えながらお初の喉《のど》に脇差《わきざし》を突き刺し、自分も剃刀《かみそり》で喉を刺して死ぬのである。

すべてを歌い終えた寿太郎は観客の興奮を確かめるように、とろりとした目で見回した。

面長《おもなが》の小さな顔。きりっとした二皮目《ふたかわめ》。ちんまりした鼻、やや薄めの口元。絶世の美人というわけではないが、上気した頬が色っぽい。

声は力強く、抑揚《よくよう》がきいている。すべての登場人物の気持ちを迷いなく語り分けるのは見事なばかりだった。

吉は次に、若駒の小屋に入った。

こちらは格調高い歌から始まる『妹背山婦女庭訓《いもせやまおんなていきん》』「道行恋苧環《みちゆきこいのおだまき》」だった。

「古《いにしえ》は神代《かみよ》の昔山跡《やまあと》の、国は都の初めにて、
妹背《いもせ》の初め山々の、中を渡るる吉野川《よしのがわ》、
塵《ちり》も芥《あくた》も花の山、実に世に遊ぶ歌人の、言《こと》の葉草《はぐさ》の捨て所」

(遠い神代の昔から、吉野川をへだてて向かい合う妹背の山々がありました。
妹山《いもやま》も、背山《せやま》もどちらも世に遊ぶ歌人たちが
言葉を尽くしてほめたたえずにはいられないほど美しい桜の山でした)

こうして紹介された妹山と背山には、吉野川を挟み、大判事《だいはんじ》清澄《きよずみ》と大宰少弐《だざいのしょうに》の後室・定高《さだか》の両家が住んでいたと話は続いていく。両家は仲が悪かったが、そ

の娘と息子、雛鳥《ひなどり》と久我之助《こがのすけ》は相思相愛の仲だった。

両家の不和のために一緒になれない身の不幸を雛鳥が嘆《なげ》けば、久我之助がやんわりいさめる。

「とても叶わぬ浮世《うきよ》なら、法度《はっと》を破って此川《この》の、早瀬《はやせ》の波も厭《いと》いはせぬ」

（思いをかなえられない苦しい世なら、禁じられていることなど、もうどうでもいい。いっそこの川に飛び込みたいわ。白波が立つ急な流れでもかまわない）

「ヤレ短慮《たんりょ》なり。雛鳥」

（やけをおこしてはいけないよ、雛鳥）

しかし、久我之助が時の権力者・入鹿《いるか》打倒計画に加担したことが発覚、雛鳥も入鹿の妻として差し出せ、といわれ、家をつぶさないためにふたりは親に殺されることを選ぶ。

最高潮は、母親の定高が吉野川にひな人形とともに流した雛鳥の首が、虫の息の久我之助のところに戻るところ。

二家は過去の行きがかりを捨てて和解し、ふたりは死して夫婦となり、悲しいながらもめでたしめでたしとなるのである。

若駒は、ぽっちゃりとした大柄で華やかな美人で、声が甘く、響きが豊かだった。

寿太郎がぐいぐいとせめていく芸なら、若駒は細やかに人間描写をし、「情」をあふれさせる芸といえそうだ。

ふたりの小屋の座元《ざもと》に、読売の話を持ちかけると、明日までにそれぞれ話をしておくとのことだった。

風香堂に戻ると、すみの姿がなかった。

「おすみはけえった。ばあさんの具合はまだ良くねえらしい。それより、お吉、これを見ろ」

光太郎は一枚の絵を差し出した。たつの力石の絵だ。

たつが足を踏ん張り、力石を持ち上げている姿が大きく描かれている。その脇にまるまるとした手が小さな干し柿をつまんでいる絵が描き添えられている。背景には里の秋の、栗あんとクルミ・白あん二種の断面が描かれていた。

「これって……」

「わかるよな、お吉なら」

きょとんとした表情で絵を見ている吉に、光太郎が低い声で言った。

だんだん吉の顔が険《けわ》しくなる。この構図に見覚えがあった。

「まさか、真二郎さんの絵の写しですか」

以前に真二郎が描いた高砂関の絵とそっくりだった。

真二郎が描いたのは高々《たかだか》と足を上げて四股《しこ》を踏む高砂の神々《こうごう》しいような姿。その脇に、高砂が好物だといった手作り最中《もなか》が描かれていた。高砂の大きな手で、あんこをつめているところも添えられていた。

苦い表情で光太郎がうなずく。

構図だけでなく、足の開き、体の肉のつきかた、二の腕や手指の形、顔の輪《りん》郭《かく》、頰の線、唇の形、表情まで瓜《うり》二つなのだ。

「人のものをそっくりまねるなんて……いえ、もしかしたら、おすみさんが考えて考えた末に、こうなった。そういうことだって……」

光太郎は答えない。顔を上げると、吉をじろりとにらんだ。

「あの日、おすみはおたつが石を持ち上げるところに間に合わなかったそうだな。平河天満宮への行き方をおめえが間違って教えたから、おすみが着いたときには力石は終わっちまってたって聞いたぜ」

一瞬、光太郎が何をいっているのかわからなかった。吉の口が半開きになった。

「えっ？　あの子、約束の刻限には遅れましたけど、おたつさんが石を上げる場面には間に合いましたよ。それに私、平河天満宮とはいいましたけど、行き方まではおすみさんにいった覚えは……」

光太郎が頭に手をやった。

「やっぱりな。話が違うか……んな気がしねえこともなかったんだよな」

「………」

「いったいわない、間に合った間に合わねえ。誰も見ていたものはいねえから、確かめようがねえがな」

光太郎は冷たく言い放った。

「でも、なんで……」

吉はわけがわからなくなった。すみはなぜそんなつまらない嘘《うそ》をいうのだろう。まるで吉を陥《おとしい》れようとしているみたいだ。

「自分が見てねぇものは描けねえといったおすみに、お吉、おめえは、真二郎の絵をまねればいいともいったか？」

「まさかそんなこと、あたしがいうわけ……」

「ねぇよな。だが、すみは、そう言い張ってる……」

すみには真二郎の絵を見て勉強すればいいと吉はいった。だが、真二郎の絵をそっくりまねをしろなどというわけがない。

だいいち見てないものは描けないと、すみから聞いてもいない。

そのとき、吉が持っていたすみの絵がすっと引き抜かれた。

振り向くと、真二郎と絹が後ろに立っていた。聞き取りから帰ってきたところらしい。抜き取ったのは真二郎だった。


「…………」

真二郎は無言で見つめ、吉に絵を戻した。表情を変えずにつぶやく。

「ま、今回は時間切れ。仕方ねえってことですな……」

「す、すみません」

頭を下げた吉を励《はげ》ますように真二郎がいう。

「なんでお吉が謝るんだ。お吉が描いたんじゃねえだろ」

「真二郎さん、仕方ないですませてよろしいんですか。私、高砂の絵を覚えております。何があろうと、それとそっくりな絵を堂々と描くなんて。いけずうずうしい。絵師として身を立てるものの風上《かざかみ》にもおけない」

　絹のナツメ型の目がきっと吊り上がった。きれいな顔立ちだけに、怒ると凄絶《せいぜつ》な表情になる。絹は光太郎を見て続けた。

「で、旦那さん。この絵を受け取って、おすみを帰したんですか。それでいいんですか。見てないから描けないって……もっともらしい言い分ですけど、それじゃ読売の書き手はつとまらないんじゃないですか。全部の聞き取りに、絵師は一緒に行けるわけじゃありません。書き手の話から、絵を描いてみせる力量がなけりゃ、役に立ちゃしませんよ」

　絹は気が付いていないかもしれないが、いつもの武家言葉が興奮のあまり、町人言葉に変わっていた。

「いいわきゃ、ねえだろ。だが、一日半、描き直しして、これだ。明日には読売を出さなきゃなんねえ」

　絹に詰め寄られて、光太郎はあさってのほうを見て、ぶつぶつとつぶやく。

「ああいえばこういう。こういえばああいう。肝心《かんじん》の仕事ははかどらねぇ。おすみみてぇなのを当世風《とうせいふう》というんだろうか」

「当世風もへったくれもありませんよ。おすみさん、もう二十歳じゃないですか。ものの道理がとっくにわかっていい年です。お吉さんも、もっと厳しくおすみさんをしつけてくださいな。お吉さんはまだ菓子屋の女中だったころと同じのんびりした気持ちでいるんじゃありません？　甘いんですよ。ああいう子には、びしびしいわないと」

頭ごなしに、絹の言葉が吉に向かって飛んでくる。だったら、絹がすみの教育係を買って出てくれないかといいたかった。

絹のいうように、きつい言葉でいくらいったところで、すみは何も改めないだろうとも思う。

にこにこ笑顔で人に愛嬌《あいきょう》を振りまくすみ。平気で嘘をいうすみ。いったい、どちらが本当の顔なのだろう。なぜ二つの顔を使い分けようとするのだろう。いったい、その胸に何を抱えているのだろう。

肩を落として、吉は家路《いえじ》についた。

松緑苑で女中をしていたときには、女同士、気持ちよくおしゃべりをしたり、助け合ったりした。けれど、風香堂では相身互《あいみたが》いと思える人はいない。吉と絹とすみ、たった三人なのに、見ているものも違えば心もばらばらだ。

海賊橋《かいぞくばし》の手前で、鼻緒《はなお》が切れ、つんのめった。

「あ〜あ」

こんなとき、絵草紙《えぞうし》の中では「娘さん、お貸しなさい」と見目麗《みめうるわ》しい若い男が現れて、鼻緒をすげ替えてくれ、それがあとで大店の息子だとわかったりするものだが、行き過ぎる人は誰も吉に声をかけてはくれなかった。

吉は手拭いを口で裂《さ》いて、よりをつくり、手早く鼻緒を直すと、「やってらんない」とつぶやき、橋を渡った。

——そこの兄さん、いい体してんねぇ。何貫目ある？　十五貫目（約五十六キロ）。

なぁる。ちょいと前に出てくれねえか。ありがとよ。

あ、そっちの兄さんは何貫目？　十四貫目（約五十二・五キロ）？　そこに並んでくれるか？

誰か七貫（約二十六キロ）の子どもいねえか。あ、手を挙げたそこの娘さん、いくつ？　十歳じゃなくて、重さ。七貫ちょっきり。いいねいいね。じゃ、兄さんたちと並んで。ありがとさん。

さて、この三人。合わせるとちょっきり三十六貫（約百三十五キロ）になる。

この三人を持ち上げてみようという剛《ごう》の者はいねえか。

いやいや、ひとりひとり別々にじゃねえ。一時《いちどき》にだ。

おやっさん、笑ったね。ま、あたりめえだ。

普通なら、馬鹿《ばか》いってんじゃねえよと、笑うところだ。

けど、世の中にはこの三人分を持ち上げちまう怪力《かいりき》の女がいるんだな。

もう一回、耳の穴かっぽじって、聞いてくれ。

三十六貫の力石を持ち上げた女がいるんだ。

この間、平河神社で開かれた力石で、三等に入ったのが、米屋で働くおたつという女。

実は一等になった男たちと同じ三十六貫の石も持ち上げた。残念なことにすんでのところで太鼓は鳴らなかったが、確かに持ち上げてんだよ。驚くじゃねえか。

いったい何を食ったら、そんな力が出るんだ。女の好物はなんなんだ。知りたいだろ。だったら、この読売を買っとくれ——

——化粧《けしょう》ってのは不思議なもんだね。

水でといた白粉を顔、首、襟足《えりあし》、胸元にまで刷毛《はけ》で丹念《たんねん》に塗れば、たちまち色黒の肌も色白に変わっちまう。眉《まゆ》を筆ではき、口元には紅《べに》を。頬にもうっすら、目元にもすっと紅をさせば、上気したような色っぽい顔のできあがりだ。

そこで髪を大振《おおぶ》りに島田《しまだ》に結い、櫛《くし》を二枚にかんざし八本。友禅《ゆうぜん》の振り袖《そで》をまとって、緞子《どんす》の帯をシュッと結べば、どうだい。すれ違った人が振り返る、人形のような娘が誕生する。

そんな男たちの、女装比べがこの間、両国広小路で開かれた。

男の？　って姉さん、今、言った？　そう。男なんだな。化《ば》け七人三《しちにんさん》？　んなこといって、笑ってる場合じゃねえぜ。歌舞伎役者だって、みな、この手で化けるんだ。

美少年、美男、とにかく顔には自信ありの男たちが勢揃《せいぞろ》い。

これがきれいだのなんのって。

自分が女だってのが恥ずかしいわん、って身をよじった観客の娘が続出ってんだから、てぇしたもんだぜ。

その中で勝ち残ったのは誰か。

特別に教えてやろうか。

こっから歩いてすぐのとこにある小間物屋の若旦那。御歳《おんとし》二十二歳。
ちんとんしゃん。藤娘《ふじむすめ》の格好をしたってんだから、恐れ入谷《いりや》の鬼子母神《きしもじん》。
秋深しの今、藤娘ってのも季節はずれだが、たまげるほどのきれいさだったそうだぜ。
今日の読売は女装比べ番付。うっとりするほど色っぽい絵が描いてある。
さあ、買った買った――

いつもは、売り子の口上を聞くと、胸がわくわくするのに、今日の吉はそんな気になれなかった。すみのあの絵が載っているかと思うと、真二郎に申し訳なく、胸がつぶれそうになる。

風香堂には誰も来ていなかった。すみとも真二郎とも顔を合わせるのも気が重かったので、吉はほっと胸をなでおろした。

「お、はええな」

入ってきた光太郎にそそくさと挨拶をして、吉は「昼九つに浅草、寿太郎の出ている芝居小屋の前で」とすみへの伝言を頼み、さっさと外に出た。

いつものように馬琴の金糸雀の世話をすませ、浅草のつたやで里の秋二種をそれぞれ四個ずつ求め、出羽屋に向かう。

たつは男たちにまじって、大八車に米俵を次々に積み込んでいた。一段落《いちだんらく》したところを見計らって、読売を渡すと、たつは相好《そうごう》を崩した。

「嬉しいねぇ。息子にも自慢できる」

歯も染めていなかったので、吉はてっきり同い年のたつも独《ひと》り者だとばかり思っていたのだが、実は六歳の息子と二人暮らしだという。

「十八で薬売りの男と所帯《しょたい》を持ち、十九で男の子が生まれたんだけどね」

男は間もなく家を出ていった。たつはのんきにも、男が出ていったことにすぐには気が付かなかったらしい。

「仕事柄、あちこちに出かけて家を空《あ》けることも多かったから、今回はずいぶん長いなあと思っていたんだ。で、ある日、長屋の中を見回すと、男の荷物も消えていることにはじめて気が付いて、捨てられたとわかったんだから、あたいもうっかりもんだよ」

けらけらと笑った。それまでは家で仕立物《したてもの》の内職をしていたが、子どもを抱えての暮らしは立ち行かず、昼は長屋のおかみさんたちに子供の面倒を見てもらい、米屋で働き出したという。

「米屋なら米をたらふく食べられるかと思ってさ」

だが米屋だからって、米がいっぱい出るわけではなかったと苦笑する。

「たいへんだったんですね」

「出ていかれたとわかったときはね。でも、泣き言いうのは性《しょう》に合わないし、落ち込んでもしかたがない。それならそれでやっていかないと」

吉から里の秋を受け取ると、おしいただいて、嬉しそうに微笑《ほほえ》んだ。包みを開け、ひとつ、吉に渡し、ひとつ自分の手に取る。

じっと見つめ、思い切ったように、たつは、ぱくっと食べた。かみしめながら目を閉じる。

「ああ、うめえ。お天道様《てんとさま》を食べてるみてぇだ」

秋の日の光をいっぱいに浴びて熟した柿を、日の光と風で凝縮させたのが干し柿だ。

たつのいう通り、お天道様の味がすると吉も思う。とろりとした干し柿の実に、栗あんがまじって、口中に秋の恵みの優しい味が広がっていく。

「ああ、おいしい」

吉がつぶやくと、ぷっとたつが噴き出した。

「お吉さんはうまそうに食べるねぇ」

「あら、おたつさんだって」

たつはそれから包みを閉じた。家に持って帰り、読売を見せながら、息子や息子の面倒を見てくれている長屋のおかみさんたちにわけてやるという。

「みんなびっくりするよ。どんな顔をして食べるか。楽しみだよ」

これから大八車を押して配達に行くと、たつは立ち上がった。

颯爽《さっそう》と歩いていくたつの後ろ姿を見つめながら、吉は胸に詰まっていたうっとうしいものが消えていくような気がした。


娘義太夫の小屋の前は、今日も男たちでわさわさしていた。

傍らの銀杏《いちょう》の木が秋の日差しを浴び、黄金色に輝いている。小屋の上に高く伸ばした枝から、はらはらと葉がこぼれ落ちていた。

時間になってもまだすみは姿を現さない。

吉はおたつの絵の件で、人のまねをしてはいけないことを、すみにきちっといわなくてはならないとも覚悟していた。

だが、まずは聞き取りだ。絵のことは、風香堂に戻ってからでいい。それにしてもなんとすみに切り出せばいいものか。それを考えると気が重かった。

もうすぐ時刻だった。ため息をついて、ひとりで小屋の楽屋口ののれんをくぐろうとしたとき、すみが向こうから駆けてきた。

「間に合った。よかった」

屈託《くったく》なくいう。拍子抜けするような気持ちで吉はすみを軽くにらみ、顎をしゃくった。

「行くわよ」

「あ、待ってくださいよ」

すみはあわてて吉を追いかけた。

寿太郎は真っ白な袷《あわせ》に白の裃《かみしも》をつけ、狭い楽屋の鏡台の前に座っていた。

自分は風香堂の書き手で、読売で寿太郎の好きな菓子を取り上げたいと吉がいうと、寿太郎は値踏《ねぶ》みするように、吉とすみを頭の先から足の先まで見回した。

「どうぞ。あまり時間はござんせんけど」

吉の後ろにすみが控える。

「昨日、曾根崎心中を聞かせていただきましたが、道行きのところの……」

「菓子？　甘いもの？　ずいぶんのんきな読み物でござんすね」

吉の話の腰をさらりと折って、寿太郎は切り口上で続ける。

「かりんとう？　羊羹？　最中？　おせんべい？　どれを好きって言ったら、受けがいいんでござんすか」

「いえ、本当に寿太郎さんがお好きなものをお聞きしたいんです」

「ふ〜ん。じゃ、それはおいといて。どんな風に読売に書くおつもりで？」

吉は、町火消の平吉、そして力石のおたつの読売を寿太郎に渡した。寿太郎の表情が柔らかくなる。まんざらでもなさそうだ。

「このたびは、寿太郎さんと娘義太夫の人気を二分《にぶん》する若駒さんとおふたりでご登場いただきたいと思っています」

吉がそういったとたん、寿太郎の表情が変わった。眉が吊り上がる。

「若駒と私が並んで読売に？」

「はい」

ひるみそうになる気持ちを励まして、吉はきっぱりいった。

寿太郎は天井を見上げ、頬に手をあてた。

「ぞっとしないお話でござんすね。二人一緒ではなく、別々に載せることはできませんかね。そしてどっちの読売が売れるか、競争する。……娘義太夫のいちばん人気を決める読売として、評判になること、この寿太郎が請《う》け合いますよ」

吉に向き直り、寿太郎は挑むように言い、にやりと笑う。

「そっちの方向で考えてもらえませんか？　では」

すっと寿太郎は立ち上がり、吉たちを残し、舞台に出ていった。

「自信満々！　すっごく感じ悪い女ですね。で、お吉さん。どうするんですか。別々に載せるんですか。困っちまいましたよね」

外に出ると、すみが目を輝かせながらいった。困っているどころか、吉が困っているのをおもしろがっているというのがあからさまにわかる。

「お吉さんでも、とんとんと進むことばかりじゃないんですね。いい勉強になります」

小意地悪くつぶやいたすみの前で、吉は泣き言をいう気にはなれなかった。

「若駒さんに話を聞いてから考えましょう」

吉は隣の小屋に向かった。

時刻前だったが、若駒は化粧しながらでいいならと、楽屋に通してくれた。

小さな楽屋の隅に衣文《えもん》かけがおかれ、白い着物と袢がかけてある。若駒は羽二《はぶた》重《え》の長襦袢《じゆばん》を着て、襟元に手拭《てぬぐ》いをかけ、鏡の前にいた。

「堪忍《かんにん》してくださいね。こんな格好で」

しもぶくれの男好きがする顔をしていた。丸い黒目がちな目。口元には小さなほくろがある。瘦《や》せてすっきりした体形の寿太郎とは違い、若駒は体全体にふわっと肉がついている。

好きな菓子と聞くと、即答した。

「甘いものはみんな好きでござんすが、いちばんっていったら、やっぱりカステイラざんす」

「カステイラ⁉」

不審げに眉根を寄せたすみに、吉が耳打ちをする。

「南蛮《なんばん》渡来の卵と小麦粉、砂糖を混ぜて、焼いたお菓子よ」

「南蛮渡来の？」

「食べてみられますか」

若駒は鏡台の脇の小さめの重箱を両手にとって、二人の前に置いた。ぽんぽんと手を打ち、付き人にお茶の用意をするようにいい、塗りの皿を取り出す。

重箱の蓋《ふた》を開けると、卵焼きのようなものが見えた。一寸（約三センチ）の幅で切り目が入れられている。取り箸《ばし》で一切れずつ塗りの皿に移し、長めの黒文字《くろもじ》を添え、二人の前にすっと差し出した。

「こんな贅沢《ぜいたく》なお菓子を……」

「どうぞ、召し上がれ」

「ではお言葉に甘えまして……頂戴《ちょうだい》いたします」

皿を手に持ったとたん、甘い香りが吉の鼻をくすぐった。

黒文字で一口大に切り分ける。海綿《かいめん》のように空気を中にふくみ膨《ふく》らんでいて、麩菓子《ふがし》とちょっと似た感触だ。

口に入れると、サクッとした感触、卵や砂糖の甘味がふわっと広がった。さっぱりした甘さだ。幾度もかまないうちに、口の中でほどけるように溶けていく。

あとに、甘い香りが残った。

味わいが消えるまで、吉は目を開けることができなかった。

また、一切れ、口にする。卵ぼうろと味の基本が似ている気がするのは、同じ
南蛮渡りだからだろうか。

これはどうやって焼き上げるのだろう。釜のようなものに入れ、最後に上にも
焼き目をつけるのか……。卵はどのくらいかき混ぜるのだろう。卵の力で、膨ら
むのだろうか……。

目をつむり、味の感触を確かめながら、吉は材料や作り方も夢想する。

ほろりと皿に残ったカステイラのかけらも、指でつまんで口に入れた。ちょっと焦げていて、甘みが強く、カステイラのうまみがぎゅっと凝縮していた。

「やだ、お吉さんたら。黙ってぱくぱく食べて。……恥ずかしいわ、私」

すみの声で、吉は夢から覚めたように目を開けた。あわてて居住《いず》まいを正し、若駒に頭を下げる。

「……申し訳ありません。あまりにおいしくて。……私、はじめてカステイラを食べたものですから、つい夢中になってしまって……」

「ほんとに、おいしそうに食べなさること。こんなに熱心に菓子を食べる人は、私も見たことがありゃしません。ほれぼれと見てしまいました」

若駒は口に手をあてて、ふふふっと笑う。その声も鈴をふるようだった。

「このカステイラはどちらのお店のものですか」

「風月堂《ふうげつどう》のものでござんす」

ごひいき筋から差し入れされて以来、カステイラが好きになったと若駒はいった。

「ひとりで重箱ひとつ食べたいくらい。でも、肥《こ》えてしまうから、泣く泣く一度に三切れまでにしてるんでござんす」

若駒はそういって、わざと悲しげな顔をしてみせる。

吉と若駒は顔を見合わせて笑った。

若駒の母親も、義太夫語りだったので、義太夫を子守歌代わりに育ち、三歳からは徹底的に仕込まれたという。その母親が亡くなったのは二年前。それからは、座元の家の隣に小さな仕舞屋《しもたや》を借り、暮らしている。

「まあ、ひとりで?」

「ええ、通いの女中はおりますが。あ、このことは読売には書かないでくださいまし」

「わかっております。私も一人暮らしですから。不用心ですものね」

「あら、お吉さんも⁉ あたしは兄弟もありませんので、母が死んでからは天涯孤独の身の上となりました。今は、義太夫があたしを支えてくれている気がしておりんす」

義太夫の魅力は、それぞれの登場人物の声や言葉を単に語り分けることではないとも、若駒はいった。

「その人物の性格や気持ちの動きを感じ、歌い上げるところが、義太夫語りの醍《だい》醐味《ごみ》かと」

寿太郎と並びで、読売で紹介したいという吉を、若駒はじっと見つめた。

「よござんす」

やがて若駒は、凜《りん》とした声できっぱりといった。


「お吉さん。寿太郎さんはいやだっていったんですよ、ふたりそれぞれ別々に扱えって。それなのに、並びで紹介するなんて若駒さんにいっちゃって」

小屋を出ると、すみは口をとがらせてぶつぶついった。

吉は隣の寿太郎の小屋の幟を見上げた。一曲終わったのだろう。どっと男たちが小屋から出てきた。みな、寿太郎の芸と色香に酔ったような顔をしている。

「お吉さん、聞いてます？」

「ごめん。おすみさん、ちょっと静かにしてくれる？　今、考えてるから」

「……怖っ」

すみはぷんと頬を膨らませ、小屋の前に並べられていた床几《しょうぎ》にどんと腰を下ろし、あさってのほうを見た。

義太夫の世界から立ち去りがたいように、男たちは足を止め、口々につぶやく。

「よかったねぇ。〜北斗はさえて影うつる　星の妹背の天の川〜」

寿太郎のまねをしているつもりなのだろう。だみ声を張り上げているものもいる。

「おれは、〜梅田の橋をかささぎの　橋と契りていつまでも。我とそなたは女夫星。必ず添ふとすがり寄り〜ってとこで、涙がこぼれたぜ」

「そこそこ、たまんねえ。やっぱり娘義太夫は寿太郎だな」

「決まってらい。寿太郎の芸を肴《さかな》に一杯いくか」

吉は唇をかんだ。

寿太郎から断られたからといって「はい、そうですか」と手ぶらで帰るわけにはいかなかった。娘義太夫ふたりで行くことに決めたのだ。

ふと相撲取りの高砂の聞き取りのことを思い出した。手蔓《てづる》がまるでなくて、聞き取りを頼むこと自体が大変だった。日延べされ、妨害にもあって、粘って粘ってやっとのことで聞き取りにこぎつけた。

あのときは真二郎がいてくれた。めげそうになる吉を真二郎が励ますだけでなく、取次をこばむ門番を動かすために、往来《おうらい》に座り込むことまでしてくれた。

真二郎なら、こんなときどうするだろう。

やがて吉は顔を上げ、すみを呼んだ。

「……帰るんですよね。だったら、さっさと帰りましょうよ」

すみは不機嫌さを隠そうともしない。

「寿太郎さんにもう一度頼んでみます」

吉はこぶしを握った。

「本気ですか。無駄ですよ無駄！　追い返されるに決まってるじゃないですか」

「話をしてみないとわからないわ」

「何を話すっていうんです？　さっき話したじゃないですか」

「いいから、行きますよ」

もう一度、寿太郎に会いたいと付き人に告げると、しばらくして楽屋に通された。

寿太郎は舞台を終え、裃を脱ぎ、白の袷でお茶を飲んでいた。

「またいらしたということは……私と若駒、別々の読売で扱ってくださるということでござんすね」

流し目で吉を見ながら、寿太郎はいった。

吉はその前に座り、身を正した。

「いえ。やはり、ふたりご一緒にご紹介させていただきたく存じます。……さきほど、若駒さんに話を聞いてまいりました。若駒さんは、寿太郎さんと並んで紹介してもいいとご快諾くださっています」

寿太郎は唇をきっとかんだ。

「……お吉さんとやら、あたしに、喧嘩を売ってるんでござんすか」

「まさか。お願いしているんです。……読売で、菓子のことで娘義太夫を取り上げるのは一度切りです。もし、寿太郎さんが二人一緒はおいやだということでしたら、若駒さんだけを取り上げることになってしまいます。でも、やはり私は、寿太郎さんのことも書かせていただきたいんです。寿太郎さんは、娘義太夫にこの人ありといわれる実力と人気をお持ちなんですから」

寿太郎は首をのばして天井を見上げ、ため息をつく。

「で、若駒はなんの菓子を好きだといったんでござんすか」

「それをお伝えするのは、寿太郎さんのお好きなお菓子をお聞きした後に」

「あたしが自分の好きな菓子をあんたに教えるとでも？」

挑むように寿太郎がいう。吉はうなずいた。

「はい。お話しくださると思っております」

「どうしてあたしが……」

「読売で娘義太夫の若駒さんだけを取り上げれば、江戸中に娘義太夫に若駒ありと知れ渡ります。娘義太夫を聞いたことがない人でも、その名前を覚えてくださいます。……きっと、寿太郎さんのごひいきのみなさんは悔しい思いをなさるでしょう。なんで若駒だけなんだ。寿太郎はどうした。取り上げるなら、寿太郎だろう、って。……先ほど、大勢の人が小屋から出ていらっしゃいました。みなさん、寿太郎さんの芸に心を奪われ、それは満ち足りた顔をなさっていました。寿太郎の芸は日乃本《ひのもと》一、そう思う人をがっかりさせないでくださいまし。どうぞ、お気持ちを収めて、お話しくださいませんか」

寿太郎は湯飲みを置き、唇を一文字に引き締めた。

「……わかりました」

しばらく天井を見つめた後で、短く息をはき、寿太郎は小さくうなずいた。ぽんぽんと手をたたき、付き人を呼ぶ。

「あれを持ってきて」

「あれですか」

「あれといったら、あれでござんす」

付き人は盆に皿をのせて戻ってきた。皿には、金時豆《きんときまめ》がまわりにびっしりとついた菓子がのっていた。吉は菓子を覗《のぞ》き込んだ。

「鹿《か》の子餅《こもち》でしょうか……人形町《にんぎょうちょう》の嵐根八《あらしこんぱち》の？」

「おや、ご存知でござんしたか」

「ええ。嵐根八のえびす屋さんの鹿の子餅は本家本元。娘義太夫として今、名をとどろかせている寿太郎さんにぴったりのお菓子ですね」

歌舞伎役者・嵐音八《おとはち》の実家えびす屋で考案された鹿の子餅である。

「おひとつ、どうぞ。後ろに座っている娘さんも。……おまえもお食べ」

寿太郎はふんと鼻を鳴らし、吉とすみだけでなく付き人にもすすめた。

「ありがとうございます。では遠慮なく頂戴いたします」

胸元から懐紙《かいし》を取り出し、畳の上に置き、吉は鹿の子餅をとりわけた。懐紙ごと胸の前で持ち、持参の黒文字で切り分ける。切り口から求肥《ぎゅうひ》やこしあんが見えた。

求肥にこしあんを着せ、あんの上に蜜漬けの金時豆をまとっている。

口に含むと、ふっくらと炊いた金時豆、さらさらのこしあん、きめ細やかでもちもちと柔らかな求肥の三つの味が広がる。味はもちろん歯ごたえも異なる三つの素材が一体となって、口の中で混じり合う。

「……ああ、おいしい」

吉がつぶやくと、寿太郎は目の端に笑みを浮かべた。

「この組み合わせを考えたなんて、えびす屋さんも大したものですね。見た目もかわいらしくしゃれっけがあり、ただ甘いだけじゃなくて、工夫があって……」

「まあ、大げさな」

「意匠《いしょう》をこらし、味がぶつからないように塩梅《あんばい》して……非の打ちどころがありません」

寿太郎はくすっと笑った。笑うと右の頰にえくぼができた。

「お吉さんは、おもしろい人でござんすね。お菓子のことが好きでたまらないと顔に書いてある」

だが寿太郎はすぐに笑みを消して尋ねた。

「で、若駒は何を？」

「凮月堂のカステイラです」

「カステイラ？　南蛮渡来の？」

むっとした顔でつぶやく。

吉が若駒のカステイラとともに、鹿の子餅を紹介させてもらうと告げると、寿太郎はしぶしぶうなずいた。

「若駒さんはおっかさんが義太夫語りだったそうですが、寿太郎さんはどうしてこの道に入られたのですか」

吉が尋ねると、寿太郎ではなく付き人が語った。

寿太郎は西国《さいこく》の出身だった。武家の生まれだったが、寿太郎がものごころつくころには、父親の藩《はん》はおとりつぶしになり、母親の親戚を頼り、江戸に出てきた。父親はその直後に亡くなり、五年前に母親もはやり病で亡くなったという。端唄《はうた》のひとつも知らなかったが、寿太郎は声の良さを買われ、親戚の紹介の師匠につき、義太夫のいろはからたたき込まれた。そこでめきめき頭角《とうかく》を現し、今の地位を築いたということだった。

「ご苦労なさったんですね」

寿太郎はぷいと横を向いた。

「親を失った子どもなんて、この世の中、ごまんとおります。こんな菓子を食べ、きれいなおべべ着て、文句を言ったらばちがあたる。そうじゃないかえ」

ぽんぽんと歯切れよく話すが、着物をおべべというあたりは、西の生まれの親に育てられた残り香《か》に違いなかった。

今は浅草材木町《ざいもくちょう》にある親戚の家の離れに住んでいると寿太郎はいった。


人形町のえびす屋は間口二軒の粋《いき》な店だった。店の看板、品書き、すべて歌舞伎独特の勘亭流《かんていりゅう》で書かれている。間口いっぱいにぶら下げられている水引《みずひき》のれんは、歌舞伎の舞台で用いられる黒・萌黄《もえぎ》・柿色の三色の定式幕《じょうしきまく》だ。

「店構えを見ただけで、歌舞伎役者、嵐音八の実家だってわかりますね」

すみが感心したようにいった。

寿太郎の好物がこの店の鹿の子餅だというと、主は喜んで口を開いた。

「他の店では餅を使っていますが、うちでは求肥を使っております。餅ですと、すぐに固くなってしまいますから。求肥は、白玉粉、もち粉、それに水と砂糖を加えて練りあげております。求肥に小豆のこしあんをまとわせ、蜜漬けした大粒の大納言小豆をつけ、最後に寒天《かんてん》でおおい、艶《つや》を出しております」

主は、菓子の名の由来も語った。

「小豆が並んでいるさまが、鹿の背の斑点《はんてん》を思わせることから、鹿の子という名を付けました。おかげさまで、発売以来、歌舞伎役者手製の餅菓子として評判を呼び、大勢のお客様においでいただいております」

この季節、小豆ではなく栗を使った栗鹿の子が人気だという。栗鹿の子には白あんを用いている。春には新緑を思わせるうぐいす豆をまわりにつけたものも作っているともいった。

えびす屋を後にすると、吉たちは京橋《きようばし》・南伝馬町《みなみでんまちよう》の凮月堂に向かった。

凮月堂は、宝暦《ほうれき》年間（一七五一～一七六四年）に出された江戸の菓子屋の見立番付『東都御菓子調進司《とうとおかしちようしんつかさ》』で、当時、二百軒以上あった菓子屋の中から見事、西の小結《こむすび》、つまり三位の座に輝いた名店である。

松平定信《まつだいらさだのぶ》に気に入《い》られ、松平家の御用菓子商《ごようかししよう》であるだけでなく、唐津《からつ》藩お出《で》入りの菓子商人としても知られていて、多くの大名家にも出入りしている。

店には松平定信が自《みず》ら筆をとった「凮月堂清白《ふうげつどうせいはく》」の額がかけられていた。

「延享《えんきよう》四年（一七四七年）に初代が大坂《おおさか》から江戸へ下り、大坂屋という店を開きまして、おかげさまで、以来、この地に根付かせていただきました」

主の許可をえて、番頭《ばんとう》が吉たちに応対した。番頭は腰をかがめるようにして、淡々《たんたん》と話す。店の名物はカステイラと、和三盆《わさんぼん》の甘さが広がる落雁《らくがん》の間にこしあんを詰めた「かぼちゃ菊《ぎく》」だという。

「まあ、なんて美しい」

花弁の一枚一枚が浮き彫りになったかぼちゃ菊を目にして、吉はため息をついた。

「カステイラもかぼちゃ菊も松平定信公お墨付《すみつ》きでございます」

「カステイラはどうやって焼くのですか？」

番頭は吉の顔を見つめた。

「ご興味がおありですか。いや、珍しい。作り方をお尋ねになる方はめったにございません」

「この人は、もともと菓子屋で働いていたんです」

横からすみが口を出した。そんなこと、ここでいわなくていいのにと、吉はちょっといやな気持ちになった。

番頭は眉を上げた。作り方を盗みにきたのではないかと誤解されてはかなわない。吉は番頭を見つめ、軽く頭を下げた。

「ええ。以前は小松町の松緑苑で働いておりました。松緑苑が店を閉じてから、読売の風香堂さんにお世話になり、菓子のことを書かせていただいております」

「そうでしたか。なるほど……詳しくは秘伝ですのでお教えできませんが、カステイラ鍋という鉄製の蓋《ふた》がついた特別な鍋にタネを入れ、その上に炭団《たどん》を乗せて焼き上げております」

番頭は柔和《にゅうわ》な顔をほころばせた。

「なるほど、上と下から熱を加えるので、あんなにきれいな焼き色が上の面にもつくんですね」

「その通りでございます」

「南蛮渡りのお菓子。これからも新しいものが出てくるんでしょうか」

「さぁ。南蛮渡りかそうでないかに限らず、職人は新しい味を探求し、作ってみたいと思うでしょうし、店としてもお客様にも食べて喜んでいただきたいと思っておりますので、南蛮風のものも少しずつ増えていくかもしれませんね」

えびす屋の鹿の子餅に比べ、凮月堂のカステイラは値段が張ったが、吉はためらうことなくお金を支払った。それだけの価値があると思った。

凮月堂から戻ると、光太郎と絹、真二郎が深刻な表情で膝を突き合わせていた。

「やっぱり、思い当たることはねえっていうんだな、お絹」

腕を組んだまま、光太郎が低い声で言った。

「はい」

ただならぬ雰囲気に、挨拶を終えるとそっと自分の文机《ふづくえ》の前に座った吉だったが、絹の顔から血の気が引いていることに気付き、はっとした。

「だが、相手は三人。人気《ひとけ》のないところで、刀を振るってきた。ためらいのない剣筋《けんすじ》だった。狙ってきたとしか思えねえ……」

真二郎が顎をなでた。

かどわかされそうになって以来、絹は真二郎が用心棒役をかねて一緒に動いている。また何かあったのだと、吉はぞっとした。

「ですから人違いなんです」

「二度も、人違いなんてあるか。日本橋本町のいわしやを出たあたりから後を尾っけられたんじゃねえのか。人形町通りの先の水野《みずの》様の屋敷あたりで待ち伏せされたっていうんだから」

光太郎は苦々《にがにが》しげにいう。いわしやは薬種問屋の大店だった。絹が首を横に振った。

「いえ、水野様の先にある松島町《まつしまちょう》の高麗屋《こうらいや》に行った帰りに、水野様の前で男たちが襲ってきたんです……」

「高麗屋も薬屋だったな」

「はい」

「……おめえの気付かねぇところで、何かが起きてるのかもしれねえな」

「ですから、心当たりは……」

「気付かねえところで、っていっただろ。となると、やっけえだな。これで終《し》まいというわけにはいくめえ。お絹、家の戸締まりなんかもしっかりしろよ。今日はもう帰れ。真二郎、お絹を送ってやってくれ」

光太郎は深く長いため息をはいた。

「ではお先に」

そういった絹の声がわずかに震えていた。

せっかく鹿の子餅もカステイラもよけいに求めてきたのに、そんなこと、言い出せるような雰囲気ではなかった。

ふたりの姿がなくなると、光太郎が口を開いた。

「どうだった？　娘義太夫は」

「若駒さんは凮月堂のカステイラ、寿太郎さんはえびす屋の鹿の子餅がお好きだそうで、店にも回って話を聞いてまいりました」

「南蛮菓子か。読売で初物《はつもの》だな」

「はい。求めてまいりましたので、召し上がりませんか」

動きの悪いすみを当てにしても仕方がないので、吉は急須《きゅうす》を引き寄せ、三人分のお茶を淹れた。カステイラを切りわけ、鹿の子餅とともに、皿に盛り付ける。

「おめえたちは食わねえのか？」

「今、いただいてきたばかりですから。ね、おすみさん」

「あ、はい」

すみはお茶を差し出されても、礼のひとこともない。

「カステイラ、うめえな。口の中で溶けていくようだぜ。南蛮菓子ってのは匂いもあめえなぁ。……うん、鹿の子餅も絶品だ。おっ、気が利《き》くな」

湯飲みにお茶を注《つ》ぎ直した吉に、光太郎がにやっと笑う。

そのとき、すみが顔を上げた。

「お絹さん、誰かに恨みを買っているんですか」

光太郎は眉だけ動かした。

「待ち伏せされて斬りつけられたって。殺されるところだったんですよね。……なんて恐ろしい。……お絹さんって、ああいう人だから、知らない間に敵を作っていたんですかね」

「ああいう人ってなんだ？」

光太郎はぎょろりと目玉を動かしてすみを見た。

「……あんなにずけずけいう人ってめったにいないじゃないですか。いつもつんつんしているし……」

「それが刃を振るわれるほど、悪いことか？」

すみははっとして、口をつぐんだ。

「絹は確かにきついが、間違ったことはいってねえ。ほんとのことをいうのがいとも限らねえがな。そりゃ、いわれたほうはこんちくしょうと思うかもしれねえ。だが、殺してやろうとまでは思うか⁉……それより、おすみ、おめえに話がある。この間の絵のことだ」

光太郎はすみを手招きした。力石のたつが描かれた読売を取り出し、すみの前に置く。

「誰かのまねをして書くのはこれっきりにしてくれ」

吉がいおうと思っていたことを、光太郎がずばっと切り出した。

「でもこれは、お吉さんが真二郎さんの……」

自分の名前がすみの口から出たとたん、吉の頭に血が上りかけたが、光太郎はすみを遮《さえぎ》った。

「誰が何をいったか、そんなことはどうでもいい」

「だって……」

「絵師として雇ったんだ。人まねじゃ、金は払えねえ。人にどう伝えたいか。それにはどう描けばいいか。自分の頭で考えて描け！　そいつがおめえの仕事だ」

光太郎は一気にまくしたてた。唇をかんだすみの目に涙が盛り上がる。

「真二郎の絵で勉強するのはいい。たいがいお吉もそういったんじゃねえのか。……明日までに、娘義太夫の絵を仕上げろ。いいな」

「…………」

すみは膝をつかみ、うなだれた。

光太郎は吉に向き直った。

「お吉、残った菓子は明日、馬琴先生に届けてやれ。文章も明日の夕方までに仕上げろ」

「はい」

吉は、自分の言い分を信じてくれた光太郎に手を合わせたいような気持ちだった。だが、光太郎の次の言葉を聞いて、胸が跳ね上がった。

「娘義太夫の読売のあと、菓子の読み物はしばらく休むことにしたからそのつもりで」

「えっ」

思わぬ話の展開に、吉の目が泳いだ。

「毎回、菓子の話が続けば、読み手もあきちまう」

では、自分は何をすればいいのか。

絹のようにさまざまな話題の聞き取りをしてまとめることなどできそうにない。菓子のことを書けばいいといわれて、吉は読売の書き手となったのだ。とはいえ、話が違うと、今更いえないこともわかっている。

きょとんとしている吉の前に、光太郎は懐《ふところ》から冊子を三冊取り出した。

「おめえ、これを見たことあるか？」

『江戸《えど》買物《かいもの》獨《ひとり》案内《あんない》』と表紙に書いてある。上中下三巻だった。

上方《かみがた》の版元《はんもと》から出た、江戸の商店、飲食店の案内書だという。

光太郎に促《うなが》されて手に取ると、巻頭には、人気狂歌《きようか》師、大田南畝《おおたなんぽ》（蜀山人《しよくさんじん》）の序文があった。

「口絵も、すごいですね。『東都大江戸の図』ですか……あれ、北斎先生の署名が入っているじゃないですか。北斎先生、こんな仕事もなさっていたんですね」

吉は目を瞠《みは》った。

中には料亭《りようてい》からそば屋、鰻《うなぎ》屋、寿司、薬種、はたまた毛抜きの専門店まで掲載されている。

「二千を超す店が網羅《もうら》されてる。上方《かみがた》じゃ、てぇへんな売れ行きだそうだ。だが、よく見てみろ。あるはずの名店が抜けてたりしねえか」

「……たしかに。……屋号だけのものもあれば、店の名物まで紹介もしているものもあるのに……」

「この本にはからくりがあって、掲載されているのは出稿料を払った店だけ。金を多く払えば店の中身まで紹介するというわけだ」

「まあ、じゃ、出稿料とこの本の売り上げ、その両方が版元に入るんですか」

「ご明察《めいさつ》！」

屋号だけの店も多い。それでも、上方の人はこの本を通して、まだ見ぬ江戸を頭に思い浮かべ、あの店に行こう、この店であれを食べよう、あそこであれを買おうと思うのだろう。

「悔しいじゃねえか。こんなもんが売れてもうかっている奴がいるなんてよ。お吉、こいつをぶっつぶすような新しい企画を考えろ。二日やる。絹の薬人気番付も今、佳境《かきょう》に入っている。絹と吉のふたりでおれをもうけさせてくれ！」

吉は啞然《あぜん》とするあまり、声も出せなかった。

ひとつ聞き取りがおわったと思えばすぐ、新たな聞き取りを出せといわれる。風香堂に入って以来、次、また次、そして次……常にその先を考えることを求められてきた。

菓子のことだけでも、いっぱいいっぱいだったのに、今度はまったく新しい企画を出せという。

吉は頭を抱えた。

何も思いつきそうにない。どうやって考えていいのか、方向性も思いつかない。

真二郎の顔がふっと浮かんだ。真二郎に相談できたらどんなにいいだろう。相談までできなくても、真二郎とほんのひととき一緒にいられたら、ほんのひとこと、真二郎に励ましてもらえたら……。

だが、今、真二郎は絹と行動を共にしている。絹が暴漢に襲われないと確信できるまで、真二郎と気軽に話せる機会はないに等しい。

よりによって、こんなときに、真二郎と引き離されてしまったのだろう。絹のせい……。

二度も狙われたなんて本当に人違いなのだろうか。そうでないとしたら、あの怜悧《れいり》な絹が理由をわからないわけがない。

いや、もしかしたら、絹は真二郎と一緒にいたいから……いえ、そんなことを絹がするはずがない。でも本当に？

吉は頭から埒《らち》もない考えを追い払おうとした。自分はどうかしていると言い聞かせ、気持ちを落ち着けようとした。

辛いときや苦しいときは、今やれることをやる。それだけを考える。

それは、両親を失い、幼い身で弟妹を育てる中で身に着けた吉のやり方だ。

まずは、娘義太夫の読み物を書き上げる。次に、新しい企画だ。

だが、頭の中でとぐろを巻きはじめたさまざまな思いは消えてはくれない。

風香堂に残って、娘義太夫の読み物にとりかかりたかったが、ときおり、恨みがましい目で吉を見るすみとふたりになるのは気詰まりだった。

吉は荷物をまとめ立ち上がった。

家で読み物を書けば、明かりの油がよけいにかかってしまう。けれど、今日はしかたがない。

吉は小さく息をはいた。このところ、ため息ばかりついていると、またため息が出そうになった。

その三　情けが仇《あだ》？

「朝っぱらから、気がめいりそうな雲行きだねぇ」

長屋の戸を閉めると、咲《さき》が井戸端から声をかけてきた。咲は研屋《とぎや》の鉄造《てつぞう》の女房で、昨年古希《こき》を迎えた姑《しゅうとめ》の里《さと》と三人で暮らしている。気のいい五十がらみの女で、子どもたちはみな所帯《しょたい》を持ってとうに家を出ていた。弟妹を育てながら働く吉を、陰になり日向《ひなた》になり助けてくれた長屋の母親代わりでもある。

咲のいう通り、重い雲が空にたれこめていた。

「ほんとに。降らないといいけど」

咲はたらいの前でしゃがみ、洗濯をしていた。

その隣で、タケもたらいに手をつっこんでいる。

タケは二年前に、二軒先に引っ越してきた吉と同い年の女だった。桶《おけ》職人の亭主との間に、六つ、四つ、三つの男の子がいる。

長屋のみんなが自分と同い年の吉を娘のようにかわいがっているのがおもしろくないらしく、タケはわざと吉の気に障《さわ》るような言い方をする。

「ひとりものは自分の始末《しまつ》さえすればいいんだから、気楽なもんだね。子どもが大勢だと洗濯もおおごとだよ」

今朝《けさ》もそういってタケは眉《まゆ》を上げた。いつもなら、「かわいい子どもがいて何よりじゃないですか」などお愛想《あいそ》のひとつも返して、タケの溜飲《りゅういん》を下げさせてやるところだが、今日の吉はそんな気になれなかった。

「毎日毎日、朝から山のようなお洗濯、本当にご苦労様です」

吉がさらっというと、タケが口をへの字にしてふんと横を向いた。

咲の後《おく》れ毛が風に揺れる。咲は風の行く先を確かめるように空を見上げた。

「風が強いから、お吉、目にゴミが入らないようにお気をつけよ。目病《や》みになったら大変だから」

「おばさんも。いってきます」

吉は軽く頭を下げ、風香堂に向かった。

今日も万町の風香堂の前には読売《よみうり》売りが出ていた。

一階の清一郎たちが作った読売だ。

読売売りに群がる人々を避けるように、軒下《のきした》を通り、吉は風香堂の二階に上がった。

光太郎が腕を組んでうなっていた。前に絹と真二郎が座っている。

吉はお茶を煎《い》れながら、三人の話に耳を傾《かたむ》けた。

昨日のこともあり、絹はこれまでの自分の行動をもう一度、考え直してみたという。

「聞き取りで人に恨《うら》みを買うようなことはやはりなかったと思います。ただ、今、申しましたように、朝鮮人参《ちょうせんにんじん》のことがちょっと気になりまして……」

絹は背筋を伸ばし、歯切れよく話した。

近頃価格の安い朝鮮人参が出回っているという。

「朝鮮人参は、ひとつまみで、一両ってのが相場だろ、清《しん》か朝鮮から渡ってくるんだから。価格が安いなんてのぁ、偽物《にせもの》じゃねえのか」

「それが、そうじゃないらしいんです」

朝鮮人参が値崩《ねくず》れを起こしているという話の出元は、絹が書を教えている旗本屋敷だという。

この夏、旗本屋敷にお中元《ちゆうげん》として朝鮮人参が何か所からか届いた。家で使い切れない贈答品は、献残屋《けんざんや》に引き取りを頼むことになっているが、朝鮮人参もそのひとつだったという。

ちなみに献残屋は不要な贈り物の買い取りを行って利《り》を稼《かせ》ぐ商人だ。

「ところが献残屋が提示してきた金額が思いのほか低かったそうでして」

「だから、偽物だったんじゃねえのか」

「いえ、本物であることは間違いありません。先様《さきさま》も、献残屋に出されることを見越していますから、偽物を贈答用に用いることはございません」

「だとすると、妙な話だな」

光太郎が首をひねった。

朝鮮人参がなぜ値崩れを起こすのか。

吉の淹《い》れた茶をぐいっと飲み干すと光太郎は立ち上がり、階段の上から下に向かって叫んだ。

「おい、清一郎！」

「なんだ」

「ちょいと顔出してくれ」

清一郎は「それが人にものを頼む態度か、ったくよぉ」などと口の中でぶつくさいいながらそれでも階段を上がってきた。

「おめえ、朝鮮人参の話、聞いてねえか」

「藪《やぶ》から棒になんだ」

「だから聞いてねえかと聞いている」

「話がわかんねえだろ。朝鮮人参のなにがどうしたってんだ」

光太郎は清一郎にこれまでの経緯を話した。清一郎の顔色が変わる。

「安いってことは数が出回ってるってことじゃねえのか」

「ってことだ」

「だが入ってくる量は決まっている。どこかで朝鮮人参が栽培されているという話も聞いてねえし……まさか抜《ぬ》け荷《に》？」

いつもは大声で怒鳴《どな》り合うように話しているふたりが申し合わせたように声をひそめた。清一郎は顎《あご》をなでた。

「調べてみるか」

「気をつけろよ」

光太郎がうなずいた。

下りようとした清一郎の前に絹が立ちふさがった。

「清一郎さん。それは私がとってきたネタですから。私が調べますのでお手出しは結構でございます」

清一郎の唇《くちびる》の端が持ち上がる。

「抜け荷かもしれねえんだぞ」

「覚悟しております」

清一郎がふっと息をはき、絹をにらんだ。

「そんな物騒《ぶっそう》な話を、はい、読売でございと出せると思ってんのか。万が一、抜け荷だとしたら、読売に堂々と書くことなんかできゃしねえ。おかみは、抜け荷なんてものは、この世にあっちゃならねえと考えてるからな。抜け荷が発覚しても、表沙汰《おもてざた》にはならねえよ。罪人は秘密裏《ひみつり》に消され、家も店もつぶされて終《し》まいだ。……だから、何かわかっても、こっちは手出しできねえって寸法《すんぽう》だ。お先走って、書いてみろ。風香堂は闕所《けっしょ》、書き手のおめえだって手鎖《てぐさり》じゃすまねえ」

闕所とは、土地家屋など一切の財産が没収されることである。

「じゃ、なんで、清一郎さんが調べるんですか」

「さぁな。この目で見てみたいだけなのかもしれねえな」

「わ、私もです。噂《うわさ》とかじゃなく、自分の足で歩き、自分の目と耳で確かめたい。私にやらせてください」

清一郎は絹を射《い》るように見つめた。冷たく言い放つ。

「抜け荷なんてもんは、捕まれば獄門《ごくもん》だ。それをわかってやってる。つうことは、なんでもするやつらばかりよ。こいつぁ、それほどやばい話なんだ。お絹、おまえは自分で自分の身を守れるか。守れねえだろ。そんなもんがうっかり手をつっこんだら、殺されても文句はいえねえ。……すっこんでろ」

絹は唇をふるわせ、立ちすくんだ。

すみが入ってきたのはそのときだ。

うなだれている絹、無言のまま座っている真二郎と吉、苦虫をかみつぶしたような表情の光太郎を見回し、何度かまばたきを繰り返した。

「おはようございます。あの何か」

誰も答えない。

「あの〜ぉ」

光太郎が立ち上がった。階段を下りる寸前、振り返り、吉を見た。

「お吉、娘義太夫《むすめぎだゆう》の原稿はどうなってる？」

「あがっています」

「帰ってから読むから、机の上に置いておけ。おすみは？」

すみは唇をとがらせ、低い声でつぶやく。

「またこれからやり直します」

「うむ。……お絹、そういうことだ。もう首をつっこむな。真二郎、今日もお絹についてやってくれ」

絹は返事をしなかった。口を一文字に結んだまま、奥歯をかみしめていた。

金糸雀《カナリア》の世話が終わると、吉は馬琴に茶を淹れ、えびす屋の鹿の子餅《もち》と凧月堂のカステイラを出した。

「どっちから食べるか。うむ。カステイラ、鹿の子餅の順番にしよう」

馬琴は相好《そうごう》を崩し、カステイラにかぶりつく。吉もお相伴《しょうばん》した。

カステイラの甘い香りが朝からとがった気持ちを和《やわ》らげてくれるかのようだ。

さくっと軽い歯ごたえ、卵と砂糖と小麦粉の贅沢《ぜいたく》の味わい。馬琴の仏頂面《ぶっちょうづら》まで甘く溶かしていく。

「南蛮人《なんばん》はこんなものを食べてんだなぁ。ほかにどんなものを食ってんだろうなぁ」

「南蛮菓子といえば、カステイラに卵ぼうろ。どっちも匂いがいいですよね。肌の色や体の大きさ、しゃべる言葉、住むところ、着るものは全部違っていても、おいしいと思うものは一緒なんでしょうか」

「たいてい、そうなんじゃねえのか」

一日たち、鹿の子餅の表面は少し硬くなっていたが、求肥《ぎゅうひ》もこしあんもまだ柔らかかった。

「ということはつまり、おいらたちがうめえと思う鹿の子餅を、南蛮人もまたうめえって思うってことだな」

「思わないはずがありませんよ」

ふたりが顔を見合わせて笑った。しばらくすると、馬琴がおもむろに身を乗り出した。

「お絹が薬番付を作っていると聞いたぜ」

今朝の朝鮮人参の抜け荷騒動を思い出して、吉の胸が跳ね上がった。まさかとは思うが、馬琴は朝鮮人参のことも知っているとでもいうような目つきをしている。

「そ、そうなんです。この間から、お絹さんは薬のことを調べていて。でも、先生、どこでそのことを?」

馬琴はにやりと笑った。

「おれんちでも、薬を売ってること、知ってるだろ。卸《おろ》している薬種屋から情報が入ってきたんだよ」

馬琴は「神女湯《しんにょとう》」という血の道に効くという薬を副業で売っている。物書きと薬とはまるで相いれないようだが、山東京伝《さんとうきょうでん》は「読書丸《どくしょがん》」というもの覚えをよくする薬を、式亭三馬《しきていさんば》は「江戸の水」という美顔水《びがんすい》を販売していて、それぞれ自分の本で宣伝までしている。

売れっ子といっても、なかなか、物書きだけでは食えないのだ。

「薬番付に、うちの神女湯を入れるよう、お絹にお吉から頼んでくれ」

吉は頭を抱えたくなった。

絹はいつだって本気だ。たとえ恩人から頼まれても、浮き世の義理がからんでいても、そんなこと知ったこっちゃない。しかし、馬琴の頼みを吉が邪険《じゃけん》に断るわけにもいかない。

「ご要望はお絹さんにお伝えします。でも、その後どうなるかは……お絹さん次《し》第《だい》でして、お約束できませんけど、よろしゅうございますか」

「よろしかねえな。神女湯の売り上げが上がれば、うちは安泰《あんたい》だ。お吉、そのことをお絹に料簡《りょうけん》させろ。わかったな」

話は終まいだとばかり、馬琴は立ち上がろうとした。

「あのぉ〜〜っ」

吉が珍しく馬琴を引き止めた。

「なんだ」

引き止めたものの、口にするのがはばかられる気がして、一瞬、言いよどんだ。せっかちな馬琴がいらっとした顔になる。

「早く言え」

「……抜け荷ってどうやってやるんですか」

馬琴の目がぎょっと見開かれた。

清一郎の口から出た抜け荷という言葉が気になっていた。

密貿易という意味であることはわかる。だが、それがどういうものなのかがわからない。馬琴は上げかけた腰を下ろした。

「やぶからぼうに何だ。……抜け荷は禁制だ」

顎を手でなでながら渋い声でいう。

「いえ、町でちょいと耳にして……」

「町でねぇ……」

言葉を濁《にご》した吉を疑わしい眼で見て、やがておもしろいものを見つけたようににやりと笑った。

「町で耳にしたんじゃねえだろ。なにかが起きてるんだな。そうじゃねえのか」

「いえ、そんな滅相《めっそう》もない……」

「おめえの顔にはそう書いてあるんだがな」

両手で頬をおさえた吉を見て、馬琴はまた人の悪そうな笑みを浮かべる。

「金糸雀の世話を手伝っている駄賃《だちん》に、抜け荷のことは、特別にただで教えてやろう」

吉は頭を下げると、居住まいを正した。

「鎖国しているのに、南蛮渡りの品は、町の唐物屋《からものや》にも薬種屋にも並んでいる。それはなぜだ、お吉」

「……えっと、長崎《ながさき》の出島《でじま》というところが、異国に開かれているんですよね。出島には異国人たちも住んでいて、蘭学《らんがく》を学びに江戸からも大勢、人が行っているって聞きました。ですから、その長崎で取引された南蛮渡りが江戸にも入ってきているんじゃないかと」

吉は頭を巡らせて答えた。

「異国というと、みな、すぐに長崎だけを思い浮かべちまうんだよな。確かに長崎は異国に開かれている。お吉の言う通りだ。これを長崎口という。だが、異国に開かれているのは長崎口だけじゃねえ。ほかにも、琉球《りゆうきゆう》口、対馬《つしま》口、松前《まつまえ》口の三つの口、港がある」

「ほかにも……てっきり長崎、長崎口だけかと思っていました。琉球、対馬、松前……どこらへんにあるんでしょう」

「琉球は九州の南にある島で、もとは琉球国といった。清とも長く深い付き合いを続けてきた国だったんだ。対馬は九州と朝鮮の間にある島で、かつて朝鮮や清に行く船はこの対馬を経由していた。昔から、朝鮮や清への玄関口だったところといっていい。そして松前は蝦夷《えぞ》にあり、ここでの取引相手はもっぱらオロシャだ」

「…………」

「長崎口と三つの口、全部で四つの口から、異国のものが入ってくるんだよ。もちろん、そこで扱うものは厳しく制限されている。その制限を超えて売ったり買ったりされたもの、それが抜け荷だ。抜け荷をやるとしたら、お吉ならどうする？」

「わ、わたし？　私がやるんですか……そうですね。お役人の目をごまかして……そんなことできるかしら」

「役人がぐるならできる。〝もうかるからやらねえか〟と役人に持ちかけ、まきこめればの話だ。だが役人でそんな話に乗ってくるものはほとんどいねえだろうなぁ。抜け荷がばれたら、命ばかりか、家名《かめい》断絶は免《まぬが》れねえ。武家にとって家名ほど大切なものはねえからな。おかみも役人たちが不正を行わないよう、目を光らせてる。よほどのことがなけりゃ、抜け荷に手を染める役人なんぞいねえだろうよ」

「じゃあ、どうすれば役人の目をごまかせるんでしょう」

「役人の目の前で抜け荷を仕掛けるなんてあぶねえ橋は、誰も渡らねえよ。いちばん多いのは、海上での取引といわれてる」

「海の上で？」

「舟と舟を近づけて、ものと銭のやり取りをする。海は広い。島の陰など人目につかねえところはごまんとあらぁ。昔は出島でも、夜陰《やいん》にまぎれ、塀の内と外で朝鮮人参を投げ、こっちから銀を投げ返しなんてことをしあったこともあったそうだが、すぐにばれるそんなやりかたをやるやつぁ、今どき、いねえしな」

朝鮮人参と聞いて、吉の心の臓が口から飛び出しそうだった。

「朝鮮人参って、朝鮮から渡ってくるものなんですよね」

「そうとは限らねえ。朝鮮人参は清でも作られてるし、朝鮮から清にも流れているらしい。長崎口だけでなく、清ものは琉球口、朝鮮ものは対馬口から入ってくらぁ。多いのは、朝鮮から清、琉球と渡ってくるものじゃねえのか。琉球口を持っている薩摩《さつま》はまったく笑いが止まらんな」

馬琴は吐き捨てるようにいう。

なぜ薩摩は笑いが止まらないのか。

吉は首をかしげた。

「そういや、おめえの好きな菓子に欠かせねえ黒砂糖《くろざとう》。どこで作られているか知ってるか」

「存じてます。薩摩ですよね」

吉は即答した。松緑苑にいたころ、松五郎がそう話しているのを聞いていた。

だが、馬琴は首を横に振る。

「違うな。黒砂糖が作られているのは、薩摩が支配している奄美《あまみ》と琉球だ。薩摩はそれをまき上げ、大坂へ積み出して、利ザヤを稼いでるんだよ」

慶長十四年（一六〇九年）薩摩は突然、琉球国を攻め、支配下に置いたという。

「そのとき琉球口も手に入れたんだよ、薩摩は。清や朝鮮、南蛮の品、黒砂糖も手にしたんだ。それから藩ぐるみで薩摩は抜け荷を仕掛けはじめやがった。……おかみだってばかじゃねえ、薩摩の動きにはすぐに気が付いた。だがおかみが貿易量制限を命じても、薩摩は聞く耳など持っちゃいねえ。琉球口の扱いを広げ続け、そこで得た利益で藩の莫大《ばくだい》な借金を返し、今ではたいそうな貯《たくわ》えもあるそうだぜ。どう思う、お吉」

「……………」

どう思うといわれても話が大きすぎて、吉はよくわからない。

「珍しいものやきれいなもの、もうかるとわかっているものが目の前にあれば、人間、欲が出る。口が開かれていれば、濡れ手で粟《あわ》の抜け荷に手を染めたくなる。薩摩は藩ぐるみでやっているが、機会が目の前に転がっていたら、抜け荷をやるものもいるだろう。ただご禁制だ。ばれれば厳しい処罰が待っている。抜け荷とはそういうもんだ」

吉は、はぁとつぶやいた。抜け荷は大がかりな仕掛けがなくてはできないものだということはわかった気がした。

これから馬琴は、柳橋《やなぎばし》の万八楼《まんぱちろう》まで用があって出かけるという。

万八楼は、柳橋で名高い会席料理屋だった。

吉は馬琴と連れ立って、両国柳橋に向かった。新しい企画を考えるために、繁《はん》華《か》な街を歩くのも悪くない。

柳橋は、隅田川《すみだがわ》との合流点で吉原《よしわら》通いの猪牙舟《ちょきぶね》の発着場だ。橋の周辺には船宿や待合《まちあい》茶屋に料亭などが軒《のき》を連《つら》ねている。

馬琴と吉は神田川沿いの柳原土手《やなぎわらどて》を柳橋に向かった。夜は夜鷹《よたか》が出没する寂しい場所だが、真っ昼間の今は、葦簀《よしず》張《ば》りの古着屋や古道具屋がずらりと立ち並び、人が大勢行きかっている。

「万八楼さんですか。さぞかしおいしいものを召し上がるんでしょうね」

「『うまいもの　食わす人に油断すな』って昔から決まってやがる」

宝合《たからあ》わせの会だと、馬琴はめんどくさそうにいった。宝合わせとは、自分の宝ものを持ち寄ってその優劣を競う会で、馬琴は客として招かれたらしい。

「客だからな。売りつけられねぇとも限らねえ。うっかり高い品物を押しつけられねえように気をつけねえとな」

柳橋が近づくと、町のそこかしこから三味線《しゃみせん》の音色《ねいろ》が流れてきた。柳橋芸者の粋《いき》な歌も聞こえてくる。

万八楼は柳橋のたもとにある黒塀《くろべい》に囲まれた瀟洒《しょうしゃ》な二階建ての建物で、二階の座敷から見える風景がもうひとつのもてなしと評判の店でもあった。

吉は隅田川を見て、ほーっとため息をついた。

厚い雲に日の光が遮《さえぎ》られているのが残念だったが、とうとうと水をたたえた川に、白帆《しらほ》の舟も行きかうさまは、一幅《いっぷく》の絵を見るようだった。

そのとき、恰幅《かっぷく》のいい中年の男と親しげに話しながら、娘義太夫の若駒が万八楼に入っていくのが見えた。舞台上の白ずくめとは異なり、友禅《ゆうぜん》の華やかな着物が若駒のかわいらしさを引き立てている。

吉の視線を追った馬琴の眉が上がった。

「お、若駒じゃねえか。おめえ、話を聞いたばっかりじゃねえのか。連れは、若駒のこれだ。浅草近くの昆布問屋《こんぶどんや》の主《あるじ》だぜ。今日の宝合わせの会の主催者だ」

「まあ、そうなんですか」

「……お吉、抜け荷の話にはかかわるな。命がいくつあっても足らねえや。じゃあな」

ひょいと立てた小指をしまうと、馬琴は万八楼に入っていく。

「いらっしゃいまし、おまちしておりました」という賑《にぎ》やかな声が続いた。

吉は両国広小路に足を延ばした。両国広小路は両国橋でつながる大川の向こう側の東両国広小路とともに、江戸いちばんの繁華街だ。

芝居小屋の呼び込みや揚弓場《ようきゅうば》の客引き、飴《あめ》売りや大道芸人《だいどうげいにん》の口上《こうじょう》、水茶屋《みずぢゃや》から響く笑い声、行きかう人々の足音、風にあおられた幟《のぼり》がたてる音などが入り混じり、さながら祭りのような賑わいだった。

古着、かんざしや根付《ねづけ》などの小物、美顔水をはじめとする化粧品、でんでん太《だい》鼓《こ》や絵双六《えすごろく》といった子どものおもちゃ……床見世《とこみせ》にはさまざまなものが所狭《ところせま》しと並べられ、どの店にも人垣《ひとがき》ができている。

床見世は住まいがついていない店だ。両国広小路は火除《ひよ》け地にあたるため、すぐに取り払える床見世しか出せない決まりがあった。

吉は傍《かたわ》らの石に腰を下ろし、人の波を見つめた。

馬琴がいったことが頭の中によみがえる。

抜け荷の話にはかかわるなと、馬琴にしては珍しく強くいった。

「すっこんでろ」と清一郎が絹に声を荒らげたのも、不満顔《ふまんがお》の絹に光太郎が「もう首をつっこむな」といさめたのも、ようやく吉は合点《がてん》がいった気がした。

だが、絹はやめろといわれて「はい。そうですか」と引き下がる女ではない。

真二郎がそばについているのも、用心棒というだけでなく、絹の監視もかねているのかもしれなかった。

いずれにしろ、抜け荷なんてものに、吉が出る幕はない。

吉は立ち上がると、床見世を見て歩いた。

「両国広小路はいつ来ても迷っちゃう。床見世ばかりだから、店替わりも早いしさ」

「ねえ、ちゃんと探してよ。絞《しぼ》りの巾着《きんちゃく》を売ってる店があったはずなんだ」

「見てるわよ。でもさ、こんなに探してないんだもん。店じまいしちゃったんじゃないの?」

十六くらいの娘がふたり、大声で話しながら歩いていた。上等な着物を身に着け、後ろに女中らしき年配の女が控えているところを見ると、それなりの家の娘らしい。

「確かにあったはずなのよ、このあたりに」

「こんだけ探して見つからないって、おかしいわよ。ねぇ、今日はもうやめにして、今度浅草に行かない？　あっちにはきっとあるわよ。絞りの巾着を売ってる店だって」

「おみっちゃん、知ってんの？　浅草の巾着の店」

「前に一回、そういう店を見たことがある……ような気がする」

娘たちの足が止まった。

「そうね。おみっちゃんのいうことに、一理《いちり》あるわ。これだけ歩いても見つからないなんてね。出直そうか。いつにする？　浅草」

「明日はどう？」

「今日の明日じゃおっかさんが文句言うかも……なんとかいいくるめるか、でもあたし、浅草よく知らなくって」

「ふたりで探せばきっと見つかるわよ」

「そうと決まれば、お汁粉《しるこ》でも食べる？」

「いいわねえ」

娘たちは飛び跳ねるように歩き出した。

「浅草……」

吉は顔を上げた。

娘たちの話から、民と松五郎たちが浅草に行ったとき、あまりに久しぶりでどの店がどこにあるのか、何が名物なのかさえわからなかったといったことを思い出した。あの娘たちも浅草のどこにどんな店があるか、わかっていない。

江戸に住んでいる人も実は浅草をよく知らない。

としたら、そういう人のための江戸甘味《かんみ》案内ができないだろうか。

浅草だけ、両国広小路だけ、神田なら神田明神のまわりだけと、場所を絞って、そこにある甘味の店を切絵図《きりえず》のように紹介したらどうだろう。

もし、そんな案内書があったら、吉もほしいと思った。

吉は風香堂に取って返した。

光太郎は渋い顔で座っていた。すみが仏頂面で筆を握っている。

まだ、すみの娘義太夫の絵が上がっていないことが一目《ひとめ》でわかった。

吉がお茶を淹れていると、すみが光太郎の前に絵をおずおずと差し出した。

「何べんいわせんだ。これじゃ、若駒と寿太郎、どっちがどっちだかわかんねえって」

じれったそうに光太郎がいった。

何度もこの会話を繰り返しているようだった。

肩を落としたすみを励《はげ》ますように、光太郎は一枚の絵を棚から取り出した。

手鏡の中に、化粧している女が描かれた色っぽい絵だ。女は着物の袖《そで》から白い二の腕を出して、紅を半開きになった唇にさしている。

「おすみ、おめえは描ける女なんだ。口入屋《くちいれや》でおれが出した化粧という題に、これだけのものを一日で描き上げた。この才能にほれこみ、雇ったんだ。そろそろ、ほんとの力を見せてくれてもいいんじゃねえのか」

光太郎は化粧の絵を指さしながらぼやいた。

口入屋から紹介されたすみに光太郎は、「化粧」という課題を与え、その出来栄《ば》えに光太郎が満足し、すみは風香堂で働くことになったらしい。

その絵を見て、吉の胸がどくんどくん鳴りはじめた。

先日、浮世絵を扱う店に行ったとき、似た絵を二枚見た。

一枚は、左手で髷《まげ》をおさえ、右手で櫛《くし》で髪をすいている女が化粧鏡の中に描かれている絵。もう一枚は、大きく結った島田に笄《こうがい》を挿《さ》そうとしている女がやはり手鏡の中に描かれていた。確か、歌川国貞《うたがわくにさだ》が描いた「今風化粧鏡《きんふうけしょうかがみ》」という二枚だった。

光太郎は気付いていないが、このすみの絵は国貞の写しである。

「お吉、見てみろ。よく描けているだろ」

光太郎はすみが描いた化粧の絵を吉に手渡した。

口紅を塗った唇が鮮やかだ。表情はしどけなく、二の腕は白くふっくらしていて、麻《あさ》の葉模様の着物に黒襟《くろえり》をかけているところがいかにも江戸の娘らしい。娘の何気ない日常の一瞬が切り取られていることは伝わってくる。

真二郎と絹が戻ってきたのはそのときだった。

「あら」

挨拶《あいさつ》もそそこに、すみの絵を見た絹の目が大きく見開かれた。

「この絵、国貞の絵にそっくり。真二郎さん、そうじゃありません？」

「ほんとだ。国貞の今風化粧鏡の写しですか」

それからは修羅場《しゅらば》となった。

光太郎は写しだったことに気が付かなかった自分に地団太踏《じだんだふ》み、自分をだましたすみに声を荒らげて怒りをぶつけ、すみは「写しが悪いなどと聞いていない」と開き直り、絹は「写しは卑怯《ひきよう》だ」とすみをなじり倒す。

「やめればいいんでしょ。こんなとこ、こっちからやめてやる」

すみは啖呵《たんか》を切り、出ていこうとした。

「待って」

階段を駆《か》け下りようとしたすみの袖を、吉がつかんだ。

すみは病気がちの祖母と二人暮らしだ。すみが仕事をやめれば、たちまち暮らしが行き詰まってしまうだろう。

「またおせっかいな……やめさせてあげなさいよ、お吉さん。無理よ。写すことはできても、自分の絵を描けない人に、読売の絵師は務まらないわ」

絹が吉をにらみ、言い捨てる。だが吉はすみの袖を離さない。

「写しはだめです。でも、よく見てください。鏡の中に描かれている娘の姿はとってもいいと思いませんか。おすみさんは、こんな絵を描ける人なんです。自分の絵を描けるまではちょいと時間がかかるかもしれないけれど、それが描けるようになったら、きっといい読売の絵師になる。ここでやめるのは惜しいと思うんです」

吉は光太郎や絹、真二郎の顔を交互に見ながらいった。話しているうちに、自分のこれまでのことが思い出された。

どう原稿を書いていいかもわからず、途方に暮れていたとき、絹から「今まで、自分の頭で考えてこなかったから、書けないいんじゃない？　ただ言の葉を並べればいいってもんじゃないのよ」といわれた。

その通りだと思った。でも、どうしていいのか、わからなかった。

吉は幼いころから「甘味とぉんと帖」を書いてきたけれど、それはただ甘味が好きで、その味を覚えておくためだけのものだったにすぎない。人に読ませようとか、その読み物を読んだ人を食べたいという気にさせる文章を書こうなど、思ったことはなかった。

何度も光太郎に書き直しを命じられ、直しては書き、書いては直しを重ねるうちに、少しずつ書くということがどういうことなのか、わかってきた。

そう思うと、ずるいところはさておき、すみは風香堂に入りたてのころの自分と同じような気がしてきた。

「お吉さん。人がいいのも、いい加減にしたほうがよろしいんじゃなくて」

「自分からやめるといったんだ。やる気がないやつを雇っておくほど、こっちも暇じゃねえ。やめてもらおうじゃねえか」

絹と光太郎が言い放つ。

すみは袖を振り払おうともがいた。吉は袖を離さず、もう一方の手ですみの肩をつかんだ。

「私が面倒を見ます。もうちょいと……あとひと月だけ、時をくださいまし」

気が付くと、吉はそういっていた。

真二郎が啞然《あぜん》として吉を見ている。

次の瞬間、苦笑に変わった。

真二郎はすみの化粧の絵を手に取ると、顎に手をやった。

「線は悪いわけでもねえ。一か月待って、ものにならないとわかればやめてもらえばいいか。損な話じゃねぇんじゃねえですか、光太郎さん」

光太郎は盆《ぼん》のくぼに手をやり、口をへの字にした。

「うむ……雇い入れたのはおれのへまだ。お吉がそういうなら、あとひと月、様子を見るか」

絹はあきれたような顔で首を振った。

「情けが仇《あだ》にならなければよろしいですけど。まあ、お気が済むようになさって。ただし、こちらに迷惑をかけられるのはごめんこうむりますので、そのおつもりで」

吉はすみの背中を両手で押して、文机の前に座らせた。体裁《ていさい》の悪い表情で、すみは唇をかんでいる。

「さぁ、描いて。寿太郎さんの流し目を思い出して。声だけじゃなく、あのとろりとした目で、寿太郎さんは桟敷《さじき》の男たちをとりこにしてるのよ。……若駒さんは受け口で、口元にほくろがあって、それがとっても色っぽいでしょ。……鹿の子餅についている小豆《あずき》、寒天がかかっているから、少してかっているところがいかにもおいしそうだったじゃない？　カステイラは焼き色がきれいで、いい匂いがする。あの感じを絵にできないかな」

吉は一気に言った。

「簡単にいうんですね。そうはいかないから苦労しているのに」

吉にかばってもらったのに、すみは不服《ふふく》そうにいった。

こういう娘だということはわかっていたことじゃないかと自分に言い聞かせ、むっとした気持ちを吉はなんとか追いやった。

「ただ形を描くだけじゃ伝わらないのは、絵も文章も同じだと思うの。……あたしの文章もまだまだだけど、読む人に、このお菓子、おいしそうだなぁ、食べてみたいなぁって思ってもらいたいと考えながら書くようになってから、ちょいとよくなった気がして。だから、おすみさんもそんな気持ちで描いてみたらどうかなって」

「やってみますけど……できるかわかりません」

すみは煮え切らない態度で、紙を引き寄せた。

さっき淹れたお茶はすっかり冷めていた。

吉は構わず一気に飲み干した。

これほどいわれてもやる気を見せないすみの面倒を見ると、啖呵を切ってしまった自分を、もう後悔していた。

「真二郎さん、参りましょう」

「お絹、薬種屋の聞き取りか」

光太郎が顔を上げて、絹を見る。

「はい。五霊膏《ごれいこう》のことで。眼病に効くと根深い人気のある薬ですので、店側の話を聞いてまいります」

真二郎が立ち上がった気配がした。

「いってらっしゃいませ。お気をつけて」

「気ぃつけて行けよ」

階段の前で真二郎が振り返り、吉に軽くうなずく。吉がうなずき返すと、真二郎は両手でぱんぱんと自分の頰をたたき、おどけたような目でまた吉を見て、にっとわざとらしく笑った。

吉は真二郎がしたように、両手を頰にあてた。顔が強張《こわば》っていた。

かつて真二郎は吉の笑顔が好きだといってくれたことを吉は忘れたことがない。真二郎は、吉に笑え、といったような気がした。

吉はほんの一瞬目を閉じた。目を見開いたときには笑みが戻っていた。

「旦那さん。新しい企画のことなんですけど」

吉の話が進むにつれ、光太郎は前のめりになった。

「浅草の甘味処、菓子屋案内ってことか……そのためには、浅草中歩き回り、店の看板商品、値段などを調べなくちゃあな。……甘味だけじゃものたりねえや。小間物屋、飯屋、呉服屋、下駄屋……それぞれの店のいちばん人気を値段入りで紹介したほうが売れるな」

「まさか……」

すべての店を紹介しろと光太郎はいっているように聞こえる。

「ああ。そのまさかだな。全部の店の方がおもしれぇだろ」

「そんな……」

「まずはど真ん中の仲見世《なかみせ》から手を付けろ。お吉、これから忙しくなるぞ」

光太郎はまっすぐに吉を見つめた。吉の喉《のど》がごくりと鳴り、眉がへの字になった。

今朝も、風香堂の前には人垣ができ、その真ん中で読売の売り子がふたり、にやりと笑って白い歯を見せている。どちらも涼しい目をした、役者にしてもいいような男だ。

——今、人気の娘義太夫、聞いたことがあるかい？

娘だからといってあなどっちゃならねえ。

声ひとつで、田舎で素直に育った娘と花のお江戸で大店のお嬢様として育てられた娘、その美貌でお職《しょく》をはるまでになった武家の娘も、三通りきっちり語り分ける。

娘だけじゃねえぜ。

根っからの百姓《ひゃくしょう》のじいさんと、落ちぶれてはいるが元は高禄《こうろく》を食《は》んでいたお武家のご老人にもなり切っちまう。

あるときは色っぽく、あるときは毅然《きぜん》と、はたまたあるときはしょぼくれて。

あれよあれよというまに、おいらたちを物語の世界に引き込んでくれるのが娘義太夫だ。

近頃、その双璧《そうへき》と呼ばれているのが、寿太郎に若駒。

どちらも十六。花も恥じらう、番茶も出花のお年頃。

寿太郎はきりっとした目鼻立ち、芸風も凛《りん》として、きりっ、ぐいぐい、こちとらの心持ちをつかんで、はなさねぇ。小股《こまた》が切れ上がったところがまた、たまんない色気なわけよ。

一方若駒は、丸い頰に、ぽってりの受け口、まるで春雨《はるさめ》のような声で泣いたかと思えば、闇夜を貫く稲妻のような鋭《するど》い語り口で切って返す。ああ、この声をずっと聞いていてぇと、夢見心地になっちまう。

どっちにするか、寿太郎か若駒か。

どっち、どっち？　どっちもって⁉　ばかいってんじゃねえよ。おいらと同じじゃねぇか。

それでだ。寿太郎、若駒。このふたりには目がねぇ菓子がある。

さぁ、なんだなんだ？

にいさん、紅をさしたふたりの唇の中に入っていく菓子の気持ちになって読んでみてくれよ――

読売売りを囲んでいた人垣がどっとわき、次々に手が伸びていく。

吉はほっとして、その様子を見つめた。

昨日ぎりぎりまで、すみは光太郎に描き直しを命じられていた。行きがかり上、吉もそれに付き合うことになった。

思い出すとため息が出てしまう。

器用で線もきれいなのに、すみの絵はそれ以上でも以下でもない。構図もいわれた通りにしか描かない。

結局、光太郎が、手取り足取り指示を出し、やっとのことで仕上げた。

なぜ、自分の絵を描こうとしないのか、すみに自分の絵を描かせるにはどうしたらいいのか、吉は途方に暮れていた。

「今日は私、何をすればいいですか」

すみが尋《たず》ねたとき、吉の目に真二郎と絹が出かけようと腰を上げた姿が映った。吉は膝《ひざ》を打ち、ふたりに駆け寄った。

「お絹さん、真二郎さん、今日はどちらにいらっしゃるんですか」

「今日も、薬種屋の薬の聞き取りですけど」

「ご迷惑かもしれませんが、おすみさんを一緒に連れていっていただけませんか」

絹は露骨《ろこつ》に嫌な顔になった。

「私がおすみさんを連れていく？　お吉さん、自分で面倒を見るっていったじゃないですか。それが昨日の今日で、なんで私が？」

「お絹さんにではなく、真二郎さんにお願いしたいんです」

「同じことでしょ。冗談はたいがいにしてくださいな」

「真二郎さんの絵師としての仕事ぶりをおすみさんに見せたいんです。何をどう見て、どう描くのか。きっといい勉強になると思いまして」

吉は必死に懇願《こんがん》した。

真二郎は吉の顔を見て、ふ〜っと鼻から息をはいた。

「なるほど。おれでよかったら、連れてくぜ」

吉に向かって真二郎がうなずく。

「わぁ、嬉しい。あたし、本当は真二郎さんに仕事を教えてもらいたかったんですぅ」

吉がお礼を言う前に、すみが真二郎の前に飛び出して、胸の前で手を合わせた。鼻白《はなじら》んだ気持ちが顔に出るのを吉はやっとのことでこらえた。

すみたちを送り出すと、吉は娘義太夫の読売を風呂敷に入れ、風香堂を出た。浅草の寿太郎と若駒に届ける前に、例によって馬琴の家に寄り、金糸雀の世話をした。珍しく、馬琴は茶菓子を用意していた。

「昨日の土産《みやげ》だよ」

「まあ、カステイラ。こんな高価なものが土産とは、さすが万八楼さんですね」

「おれに万八楼が？　馬鹿いってんじゃねえ。料理屋が土産を出すとしたら上々吉《じょうじょうきち》の上得意だけと決まってらぁ。この土産の払いは会の主催の若駒のレコ、昆布問屋だ」

「でもなんで昆布問屋さんが宝合わせの会なんか……でもってこんな上等なカス

テイラをお土産に。いくら道楽っていっても大損じゃないんですか」

「損なんかしやしねえよ。ものを売り買いしたら利が生まれる。……昨日は鰹節《かつぶし》問屋の隠居が、目玉が飛び出るような高い買い物をしてな。昆布問屋も恵比寿顔だ。まっ、おかげで助かったぜ。こちとら何も買わなくても目立たねえですんだからな」

「じゃ、ただで飲み食いして土産までもらってきたんですか」

「うむ。って、人聞きの悪い」

腕組みをして馬琴はほくそえむ。

「お吉、おれの分も食っていいぞ。遠慮するな。若駒も昨日、ばくばく食ってた」

馬琴はカステイラが二切れのっている皿を吉に差し出した。吉は両手で受け取り、さっそく口に含んだ。

甘い香りが口から鼻に抜ける。さくっとした歯触りのあとに、口の中でゆっくり溶けていく。味わいが舌の上に残り、余韻《よいん》まで甘い。

ふふっと馬琴が笑った。

「やっぱりおまえほど、菓子をうまそうに食うやつはいねえ。食べっぷりだけは、若駒にだって負けねえな」

結局、カステイラを四切れも食べて、吉はいい心持ちで浅草に向かった。

若駒はこの日、出番がないため、芝居小屋にはいなかった。吉は教えてもらった山川町《やまかわちょう》の若駒の自宅を訪ねていった。

山川町は賑やかな奥山を通り抜けた先にある。若駒の家は山谷堀《さんやぼり》に面しており、裏は西方寺《さいほうじ》という寺に接していた。

門から玄関までは十歩もないが、形よく整えられた紅葉《もみじ》が真っ赤に色づき、敷石にはちりひとつ落ちていない。

女中は、吉が風香堂のものだというと、すぐに中に招き入れた。

「まあ、あたしをこんな風に描いて下すって……ありがとうござんす」

若駒は読売を見て頭を下げた。

吉は、若駒が着ている着物に目を奪われていた。さまざまな文様《もんよう》と色が幾重《いくえ》にも重なっている。それでいて華やかさの中に落ち着きと品が感じられる。こんな染め物ははじめてだった。

「昨日はお吉さんが、万八楼の前で、馬琴先生とご一緒にいらっしゃるのを見ました。お親しいんでござんすか」

不意に若駒がいった。

気付いたのはこっちだけと思っていたので、吉は驚いて、若駒を見つめた。おっとりとしているようで、若駒は意外にはしっこいのかもしれない。

「若駒さんと同じように、読売で菓子の聞き取りをさせていただいて以来、馬琴先生の金糸雀のお世話をお手伝いするようになりまして……」

「そうでござんしたか。金糸雀、黄色の小鳥でござんすよね。あれはいい声色《こわいろ》で啼《な》くんですって？」

「ええ、ぴぃぴぃと澄んだ声で」

「馬琴先生、インコは飼っておられないんですか」

「金糸雀だけです」

「一度、前に見世物小屋で南蛮渡りの鸚鵡《おうむ》という、そりゃあ、羽色がきれいな鳥を見たんでござんす。インコは小さいけれど、それと同じ姿をしているんだそうで、飼ってみたくて……で、この読売を見て、寿太郎さんはなんとおっしゃっておりやんした？」

いきなりずけっと聞いてきた。若駒も寿太郎のことは気になっているらしい。

今から届けるつもりだといった吉に、若駒はふ〜んと鼻を鳴らし、縁側を見た。隣との境を隔《へだ》てる黒塀とのわずかな間に、つつじや南天《なんてん》が植えられている。

お茶を持ってきた女中が下がると、若駒は後ろの違《ちが》い棚《だな》の扉の鍵《かぎ》を開け、蓋《ふた》つきのぎやまんの器を取り出した。

一目で南蛮渡りのものだとわかった。

薄桃色のきれいなぎやまんだった。

蓋《ふた》には子どもが裸で遊んでいる姿が浮き彫りになっている。鼻が指でつまんだようにつんとして、くりっとした二皮目《ふたかわめ》をしている。おなかはぷくっとふくれ、ふっくらした手足もかわいらしかった。

「まあ、きれいな……こんなぎやまんの彫《ほ》り物、はじめて拝見しました」

「これは人にはめったに見せないんだけど……よかったら、召し上がれ」

蓋《ふた》を開け、中の梅の花の形をした焼き菓子を差し出す。

「これ……もしかして蕎麦《そば》ぼうろ？」

満足げに若駒がうなずいた。

「甘味のことを書く読売さんは、さすがでござんすね、蕎麦ぼうろをご存知とは」

「話に聞いたことがあるだけですけど……」

蕎麦ぼうろは、太閤《たいこう》さまこと豊臣秀吉《とよとみひでよし》が京都北野《きたの》に大茶会を催《もよお》したとき、南蛮渡来のぼうろに工夫をし、北野の梅にちなみ梅の花をかたどり、麦の風味と香りの菓子に焼き上げ、蕎麦ぼうろと名付けたという逸話《いつわ》を持つ菓子で、京の名物として知られている。

「もしかして今、江戸でも作られているんですか？　そんなお店が出たんでしょうか」

「いえ、京から取り寄せたものを頂戴《ちょうだい》して……」

吉ははっとした。

馬琴が昨日参加した宝合わせの会の主催者は昆布問屋の主であり、若駒の旦那だった。

カステイラ、ぎやまんの器に、南蛮渡来の菓子を由来とする蕎麦ぼうろ。

みな、南蛮に関係しているというところが一貫しているといえばそういえる。

ぎやまんの器も蕎麦ぼうろもカステイラも、昆布問屋の旦那が若駒に贈ったものなのだろうか。

もう一度若駒に勧められ、吉は蕎麦ぼうろを手に取った。固めの焼き菓子で、かみしめると香ばしさと砂糖の甘味がじわっと広がり、ほんのり麦の香りが感じられる。

「これが蕎麦ぼうろなんですね。おいしい」

目を大きく見開いた吉に、若駒は微笑《ほほえ》んだ。

「それだけおいしそうに食べてもらえたら、蕎麦ぼうろもお菓子冥利《みょうり》ってもんでござんしょう」

ふたりは顔を見合わせ、声を出して笑った。

帰りがけに、吉は若駒の着物について尋ねた。

「これは、『しゃむろ染《ぞめ》』とも更紗《さらさ》ともいうもので、南蛮の柄だそうでござんす」

菓子や器だけでなく、若駒の着物もまた南蛮ゆかりということに、吉は驚いた。

「豪勢なものですねぇ」

若駒は恥じらうようにふふっと笑った。

一方、寿太郎は吉が手渡した読売にさっと目を走らせただけで、楽屋の板の間に乱暴に置いた。

「はい。確かに。わざわざ浅草までご足労《そくろう》いただき、ご苦労さんでござんした」

もう帰ってくれとばかりにそっけなくいう。若駒と並んで取り上げられたことに納得していないということがありありとわかった。

吉はそのまま浅草を歩くことにした。

まず雷門をくぐり、仲見世の喧騒《けんそう》の中を進む。

宝蔵門《ほうぞうもん》を過ぎ、もくもくと白煙をあげる大香炉《だいこうろ》・常香爐《じょうこうろ》に向かう。

この煙を浴びると、体の悪いところが良くなるといういわれがある。頭に心の臓に、腹にと、熱心に煙を手で招き寄せる人たちも多い。吉も手を何度も大きく動かして煙をたぐり寄せ、全身に煙を浴びた。

お水舎《ちょうず》で手と口をすすぎ、本殿へと向かう。

ご本尊である聖観世音菩薩《しょうかんぜおんぼさつ》は、すべてに慈悲《じひ》の心を持つという観音さまだ。日々を安泰に過ごせることを願い、吉は「南無《なむ》観世音菩薩」と唱えた。

それから雷門から境内まで伸びる仲見世をゆっくり見て歩いた。

かんざしや袋物を扱っている店には女たちが集まっていた。浅草と書かれた土産物の提灯《ちょうちん》や千社札《せんじゃふだ》の木片を売っている店もある。

「浅草土産にここでしか手に入らねえ扇子《せんす》はどうだい」

「悪いことは言わねえ。うぐいすのフンを買ってきな。ひと塗りすればたちまち色白美人に出来上がりだ」

威勢のいい客引きの声がどこの店からも聞こえる。

帳面と筆を手に、吉は一軒一軒、見て回った。

せんべいやまんじゅう、名物の雷《かみなり》おこしなど、気軽に求められる菓子もたくさん売られていた。煮豆、佃煮《つくだに》の店もある。

天ぷら、そば、ウナギ……。手拭い、うちわ、紅、かんざし……。

切絵図を思い浮かべ、簡単な地図を描き、店の名前や名物、主な品物の値段を吉は帳面に書き入れた。味は食べてみなければわからないが、それはさておき、まずはざっくりとした図面を作らなくてははじまらない。

午後遅くまで浅草を歩き、風香堂に戻ると、絵を描く真二郎のそばにすみがぴたっと張り付いて、手元を覗《のぞ》き込んでいた。

「少し離れちゃくんねえか。それじゃ筆を動かせねえ」

「あ、ごめんなさぁい。つい夢中になっちゃって……」

うふふとすみが笑って、少しだけ腰をずらした。見ているこっちが恥ずかしくなるほど、すみは真二郎にべたべたしている。

「ただいま戻りました」

いつもより大きな声で声をかけ、吉は文机に座った。すみは顔を上げた。

「お吉さん、さっき、妻恋町《つまこいちょう》の『菊屋《きくや》』の昌平《しょうへい》さんという方が見えましたよ。近くまで来たら、寄ってくださいって」

「ありがとう。昌平さんが？　なんだろ」

「……あの人、誰ですか？　もしかして訳ありだったりして。お吉さんもすみにおけませんね」

思わせぶりにいわれて、吉は動転した。

「そんなことあるわけ……」

「あらぁ、顔が赤くなってますよ」

すみが小意地悪く、吉の言葉を遮った。

その目がおもしろがっていることに気付いて、吉の胸が冷えた。

なぜすみは人が困ったり、へどもどするように仕向けるのだろう。すみをかばっている吉が面目《めんぼく》を失うようなことをわざとするのだろう。

「どんな人なんですか、昌平さんって」

「読売で聞き取りをしたお菓子屋さん。それだけです。変な勘繰《かんぐ》りはやめてくださいい」

刃物を振り回していた酔漢《すいかん》をひとりでおさめた女丈夫《じょじょうふ》・よしに菓子の聞き取りをしたときに、紹介されたのが、昌平が営む菊屋《きくや》の琥珀寒《こはくかん》だった。

昌平は京で長く修業してきた菓子職人で、続々と新しい美しい菓子を生み出している。

新商品ができるたびに、昌平は吉を招き、感想を尋ねる。吉も次はどんな菓子が誕生するかを楽しみにしていた。

「またまた、そんなこといって、ごまかして。……うらやましいわぁ……昌平さん、あたしも名前を覚えておこうっと」

気が付くと、真二郎が筆を止め、吉を見ていた。あわてて吉は首を横に振った。真二郎に誤解してほしくなかった。真二郎が軽く顎をひく。

「おすみ。無駄口たたいてねえで、今日、聞いた話を絵にしてみろ」

「私が⁉ 真二郎さんが描くんでしょ。私が描いたって無駄じゃないですか」

「無駄じゃねえさ。番頭が朝鮮人参の効能についてとうとうとしゃべっていただろう。それを読売に載せるとしたらと想定して、絵にしてみろ」

「今、ですか」

「そこまでやらなきゃ、勉強にはなりゃしねえ」

すみは天井をにらんでため息をもらした。

絹は苦虫をかみつぶしたような表情で筆を走らせている。このやりとりは聞こえているだろうに、意地でも顔を上げないつもりらしい。

真二郎は筆を握り直した。その寸前、吉を見て微笑んだ。吉は目元を緩め、首を軽く下げた。

吉も帳面を広げた。

今日調べた浅草の店を切り絵図のように描くのは、絵師ではない吉にとってやっかいな作業だった。まっすぐの線を一本描く、等分に線を並べる。それさえ、満足にできない。絵師というのは大変な仕事だと思いながら、作業を進めた。

同時に、これからはやり方を考え直さねばならないという思いが強くなった。まんじゅうや団子、せんべい……それぞれ何軒もあるのに、どこを大きく取り上げていいのか、まったくわからない。

ひとつひとつ食べて回り甲乙《こうおつ》をつければいいとわかっているが、これだけの菓子屋や料理屋を食べて回るなんて、いくら吉でもとてもできそうにない。

ましてや呉服屋や小間物屋、玩具店、履き物店のことなど、門外漢《もんがいかん》の吉にとってはちんぷんかんぷんだ。

誰か、菓子屋から小間物屋に至るまで、浅草に詳しい人はいないだろうか。

吉の脳裏《のうり》に浮かんだのはたくましく優しい笑顔だった。力石のたつの勤め先は、浅草の米問屋・出羽屋だ。明日、たつを訪ねて相談してみようと思った。

「お吉、ちょっと」

夕暮れ時になって、真二郎が吉を手招きした。真二郎の前にはすみが神妙《しんみよう》な表情で座っている。

「おすみの絵なんだけどな」

吉に絵を見せるのだと察して、すみは不満げに眉を寄せた。

「真二郎さんだけに見てもらえば十分です。お吉さんは絵の人じゃないんだから。素人《しろうと》に見てもらったってしょうがないじゃないですか」

「読売の絵を見たり買ったりするのは、みな素人だ。素人におもしろいと思わせるかどうか。それで読売の絵の価値が決まるんだぜ」

真二郎に言い返されても、すみは頰を膨らませたままだ。

朝鮮人参が中央にどんと描かれていた。そのまわりに、「若返り」「風邪」「滋養強壮」「さしこみ」など効能を説く文字が並んでいる。

「朝鮮人参はよく描けていると思いますけど……」

吉は言葉を濁した。読売では効能などは、文章で詳しく説明する。絵に必要なのは説明ではなく、人の目をひく何かだ。

それがすみの絵にはなかった。

「おれも描いてみた」

真二郎が差し出した一枚を見て、吉はぎょっとした。

すみの目も丸くなっている。

「これなら……人が飛びつきますね」

そこには人の姿をした朝鮮人参が描かれていた。

主となる根が胴体。側根が手足、側根から出た何本もの細く長い根は指……。顔にあたる部分にも、目鼻口と思えるくぼみがうまくつけられている。

妖怪を思わせる禍々《まがまが》しさ、不気味な迫力が絵から伝わってくる。

「あのとき、番頭は、朝鮮人参は人の姿に近いものほど、効能があり、値も高いといっていた。それで人の姿をした人参を描いてみた」

真二郎は淡々《たんたん》といった。吉がうなずく。真二郎の朝鮮人参は今にも襲いかかってきそうな勢いがある。

「あらゆる病に効きそうな気がします、この朝鮮人参」

「人は、あっとたまげたり、震え上がったり、大騒ぎしたいもんなんだ。読売の絵はそういうものが好まれるんだよ」

すみは唇をかんで、黙って聞いていた。と思いきや、ぽつりとつぶやく。

「はじめからそういってくれればいいのに」

吉と真二郎は顔を見合わせた。

帰り道、海賊橋で、風の冷たさに、吉は襟元をあわてて合わせた。

秋が深まり、日が暮れると空気が一段と冷えてゆく。

朝鮮人参の値は相変わらず下がったままらしい。本当にご禁制の抜け荷が行われ、朝鮮人参がたくさん出回っているのだろうか。

二度も狙われたというのに、絹が平気そうな顔をして日々を過ごしていることにも感心してしまう。

吉もこの仕事をはじめてから、刀を突きつけられたことがあった。何かの折に、そのときの恐怖がよみがえり、体が震えることがある。

とんだ仕事を生業《なりわい》にしてしまったと思わないこともなかった。

それでも読売書きをやめようとは思わない自分が不思議でもあった。

「仲見世のうまい店？　団子やまんじゅうならあたしでもわかるけど……」

翌日、米問屋・出羽屋を訪ねると、たつはちょうど配達から帰ってきたところだった。毎朝、大八車いっぱいに積んだ米俵をひき、浅草を回り、昼からは今日も吉原のほうにまで米を運んで行くという。

空気はきーんと冷たいのに、たつの体からは湯気が出ているように見える。

「そうだ、ここのおかみさんに聞けばいい。食べ物なら団子から鰻《うなぎ》、身に着けるものだって、手拭いから印伝《いんでん》の上物まで、えらく詳しいんだ」

たつは額《ひたい》の汗を拭きながらいった。

「ほんと、ぜひ話を聞かせてほしい。ただ……」

「ただ？」

「うちの読売を読むのは、大店のおかみさんたちというわけじゃないでしょ。高いものもあってもいいんだけど、やっぱり安くていいものを売っている店をいっぱい知りたいの」

たつは顔の前で手を横に振った。

「そこんとこは心配ないよ。なんてったって、あたいが女だてらに米俵を運び、大八車をひくことを許してくれた人だから、さばけてる。そのうえ、財布のひもが固いのは折り紙付きだ。よけいな金を払うのが心底嫌いで、ほんとにうまいものや、ずっと使える丈夫なものを探す名人なんだ」

「誰の財布のひもが固いって？」

後ろから声がして、振り向くと、黒地に臙脂《えんじ》の縞《しま》の着物に錆利休《さびりきゅう》の渋い茶色の帯、柿色の帯締めをした五十がらみの様子のいい女がからっと笑っていた。

「おかみさん！」

「もしかして、力石とおたつのことを書いてくれた風香堂のお人かい？」

草履《ぞうり》をつっかけると、すたすたと歩いてきて、吉の前に立った。おかみは真砂《まさご》と名乗り、読売が出羽屋のいい宣伝になったと吉に礼をいった。

「風香堂の吉と申します」

「お吉さん。立ち話もなんだ。縁側に座ろうじゃないか。おたつも、一仕事終わったんだろ。お茶をどうだい」

「いただきます」

「話は聞いてたよ。『金龍山《きんりゆうさん》あげまんじゅう』、『浅草きび団子《だんご》』、『浅草芋《いも》きん』、『どら焼き浅草』、『木下《きのした》』の雷おこし、『豆本舗　梅月《うめづき》』の源氏豆《げんじまめ》と入《い》り豆、『金山せんべい』、『与平《よへい》』の揚《あ》げせんべい、『金太郎』の大福と団子、『竹原《たけはら》屋《や》』の柿衣《かきごろも》、『三河屋《みかわや》』のふかし芋。これは浅草でははずせない」

いきなり真砂は話しはじめた。

「ちょっちょっと待ってください。今、帳面《ちょうめん》を……」

さらに「煮豆《にまめ》・佃煮《つくだに》　おがわ」、「昆布・金時《きんとき》」の飾り昆布、「大黒天《だいこくてん》」の天ぷら、「駒形《こまがた》どぜう」の泥鰌《どぜう》鍋、「蕎麦処《そばどころ》雷門」、「梅若菜《うめわかな》」の麦《むぎ》とろ、「前川《まえかわ》」の鰻。「藤崎《ふじさき》」の手拭い、「金扇堂《きんせんどう》」の扇とうちわ、「文庫革姫路《ぶんこがわひめじ》」のがま口《ぐち》、「甲《こう》州屋《しゅうや》」の印伝、「紅屋百助《ひゃくすけ》」の白粉《おしろい》や紅、「旭堂《あさひどう》」のかんざし……。

真砂の口からつるつると店の名前が飛び出す。吉は必死で筆を走らせた。どこにも、その土地に詳しい人はいるものだ。

おかみは浅草生まれの浅草育ち、浅草に嫁に来て、浅草で子どもを育て、今は孫の面倒を見ているという。

「ほかにもいい店があるかもしれないけど、この店はあたしが太鼓判を押すよ」

真砂は、近所の人にも声をかけて、いい店があったら、風香堂に連絡をするとまでいってくれた。

「手間暇《ひま》？　そんなもんかかったって、いいんだよ。浅草はあたしの町だから、それくらいのことはさせてもらうって」

真砂が胸をたたく様子を、たつはにこにこしながら見ていた。

出羽屋を後にした吉は、真砂が推薦した店を歩いて回った。

菓子屋では店の床几《しょうぎ》に腰をかけ、黍《きび》団子やら雷おこしを試食した。二軒、三軒と菓子屋を訪ねるうちに、真砂の舌の確かさを思い知らされた。どれをとってもはずれがない。

手拭い屋の藤崎を出た吉は、はす向かいの『美術・古美術・新富《しんとみ》』という長のれんがかかっている店から出てきた若駒に気が付いた。

先日の男、昆布問屋の主と一緒だった。

若駒も吉に気付き、男に耳打ちすると、吉に駆け寄った。

「読売の評判も上々で、お客様方も喜んでくださって。改めて、ありがとうござんした。カステイラの届け物も山積みになって、嬉しい限りでござんす。お時間がありましたら、ぜひ小屋のほうにもお越しください。いつでもお席を用意しますから」

花がほころぶようににっこりと笑い、男とともに去っていく。

若駒を見送り、吉は振り向いて『美術・古美術・新富』を見た。

真砂が押した店ではないが、万八楼で宝合わせの会を主催するほどの御大尽《おだいじん》であり、若駒の世話も買って出ている昆布問屋の主が出入りしている店だ。

長のれんがかかっているので、中はうかがい知れない。一見《いちげん》の客が入りづらい雰囲気のせいか、浅草というのに、他に人の姿もなく、ひっそりしている。

思い切ってのれんをくぐると、いかにも高そうな瀬戸物《せともの》や南蛮風のものが整然と並べられていた。

小帛紗《こふくさ》の上に乗せられた抹茶碗《まっちゃわん》、黒光りしている塗りの棗《なつめ》、金で竹が描かれた水差し……茶道具だけでなく、ぎやまんもあった。

足つきの酒杯、鉢、瓶《びん》……店に差し込むわずかな光を跳ね返し、輝きを放っている。

「いらっしゃいませ」

ぱりっとした紬《つむぎ》の袷《あわせ》にそろいの羽織を着た四十がらみの体の大きな男が出てきた。吉を見ると、あきらかに当てがはずれたような表情に変わった。

「何かお探しですか」

ぞんざいにいった。

吉の目が止まったのはそのときだった。

若駒が蕎麦ぼうろを入れていた器とそっくりのものが棚の隅に置かれていた。

水に淡い紅を一滴流し入れたような薄桃色のぎやまんだった。若駒のもののように、蓋に裸の子どもが遊んでいる姿は描かれていないが色合いといい、大きさといい、対《つい》といってもいい代物《しろもの》である。

「これ……」

「これが何か」

「若駒さんのものとよく似ている……」

「……」

男は答えない。

「……先日、読売の聞き取りをさせていただいて。家に上がらせていただいたことがあったんです。そのときにこれと同じようなものを見せていただいて、あんまりきれいでびっくりしました。若駒さんのものには笛を吹いていたり、南蛮の琴みたいなものを持っている子どもたちも描かれていて、それもすごくかわいらしくて……」

その瞬間、男の目が底光りした。

「あんた、何者だ。何をたくらんでいる？」

いきなり、男がすごんだ。吉は気圧《けお》されながらも答える。

「たくらんでいるなんて……私は風香堂の書き手でして、今、浅草の買い物案内を作っているんです。そのためいろんなお店を調べているところで……若駒さんがこちらから出てくるのをお見かけしたもんですから」

「おあいにくさまですな。お帰り願います。うちの店は、一見《いちげん》さんお断りでして」

「………」

「貧乏人にゃ手が出ねえものばかりを扱っているんですよ。店のことは、その案内とやらや読売に、一切、載せないでいただきます。物見遊山《ものみゆさん》の客は迷惑なんですよ」

癇《かん》を立てた声でにべもなくいわれ、吉は逃げるように店を出た。

いくら、金持ち相手の商売をしているといっても、あれはないと解《げ》せない気持ちが残る。後味《あとあじ》がひどく苦かった。

浅草の帰りに吉は妻恋町の「菊屋」に足を延ばした。琥珀羹《こはくかん》や落雁と書かれた幟を見ると、ほっと気持ちが緩んだ。

昌平は吉を見て、相好《そうごう》を崩し、内所《ないしょ》に招き入れた。火鉢の上の鉄瓶がちんちんとなり、しゅんしゅん白い湯気を立てている。湯をゆっくり冷まし、昌平は丁寧にお茶を淹れた。

甘く薫り高いお茶だった。そして昌平は菓子が乗せられた皿をすっと差し出した。

透明の寒天の中に小豆が敷き詰められ、その上に小指の先ほどの栗や柿、もみじ、銀杏《いちょう》の葉が浮かんでいる。秋の風景が封じ込めてある。

「『錦秋多佳日』という名にしました」

「きんしゅうかじつおおし？」

「山も里も紅葉し錦の織物のように美しい。そんな素晴らしい日が続いている。という意味です。どうぞどうぞ、召し上がっておくれやす」

小さな栗や柿、もみじなどは練り切りで作られていた。栗は栗の、柿は干し柿。紅葉と銀杏は白あんの味がする。そしてほんのりと甘い寒天が上質な小豆の味わいとしっくりとからみあっていた。

吉は食べ終えるとふぅ～っとため息をもらした。

「おいしい。さすがです。ほんとにきれいな澄んだ味で。心も洗われたような気がします」

吉を見つめ、昌平がうなずいた。

「何かありましたか。少し元気になったようで胸をなで下ろしましたが、来たときは、えらい疲れた顔しはって……」

　そういって、昌平は少し熱めの濃いお茶を注いだ。口がさっぱりして、頭がしゃきっとする。

「昌平さんの錦秋多佳日とお茶をいただいたら、また元気が出てきました」

「無理したらあきませんで。このごろ、押し込みや空き巣、かっぱらいも増えていると聞いてます。もうすぐ神田祭だっていうのに、景気が悪いせいだっしゃろか。お吉さんも気ぃつけておくれやす」

　固辞《こじ》する吉に、昌平は錦秋多佳日の包みを持たせてくれた。

　昌平は十二で菓子屋に修業に入り、二十二で京に上《のぼ》り、一からまた修業をし直し、三十二で江戸に戻り、店を構えた。

　菓子作りのために、昌平は並々《なみなみ》ならぬ苦労をしたはずだった。けれど、そのかけらも顔に表さない。いつも、先へ先へと目をはせ、工夫を重ね、さらにおいしく美しい菓子を生み出そうとしている。

　菓子と読売と分野は違っても、真二郎も絹もそうだと吉は思った。自分がおもしろがれるものを探し、調べ、どう書けば、どう描けば、人が楽しんでくれるかを考え、常に工夫している。

翌朝、風香堂に行くと、光太郎が高ぶった表情で吉にいった。

「若駒の家に昨日、泥棒が入ったそうだぜ」

「泥棒が⁉　若駒さんは？　無事ですよね？」

胸がつぶれるほど驚いて、吉は光太郎にすがりつかんばかりに尋ねた。昨日、押し込みや空き巣が増えているといった昌平の言葉が頭をよぎる。

「不幸中の幸いで、若駒も女中も出かけていたらしい」

「そんな……なんで、若駒さんのところに」

「根付けから帯留《おびど》め、かんざし、着物、皿や小鉢の類まで一切合切《いっさいがっさい》、盗《と》られたってよ」

吉はきれいに設《しつら》えてあった若駒の家を思い出した。

「お気の毒に。昨日、若駒さんと浅草でお会いしたときは、ほんとにお元気で楽しそうだったのに」

「会ったって⁉　おめえが若駒を見たのは、何刻《いつ》ごろだ？」

光太郎はぎょろりと目を光らせた。吉は小首をかしげた。

「確か昼過ぎでしたけど」

「そのころらしいぜ、賊《ぞく》が入ったのは。真っ昼間にこれだけ盗むのは珍しいと、同心《どうしん》の上田さんが首をひねってた」

　上田は、真三郎の幼なじみの同心だ。

「賊を見た人はいないんですか。そんだけいっぱい運び出したんだから」

　光太郎は顎をなでた。

「それがなあ。若駒の家は山谷堀に面しているっていうじゃねえか。上田さんたちは舟を使った盗みだと踏んでる。舟を家の目の前につけて運んでしまえば、人目につかずにすむ」

「舟で……」

「南蛮渡りのものをずいぶん持ってたんだってな」

　ちらりと光太郎は吉の目を覗き見た。吉がうなずく。

「ええ……」

「若駒は人にずいぶん見せびらかしていたらしいな。それが仇《あだ》になったのかもしれねえや。こうなったからにゃ、命までは取られなくてよかったと思うしかねえな。近頃、物騒な話が増えてんだ」

　若駒がどれだけ悔しく、怖い思いをしているのかと思うと、吉の胸が痛んだ。

賊と鉢合わせにならなかったのは幸いだったけれど、自分の家に賊が踏み入り、すべての持ち物を見て触って、持ち去ったと思ったら、気色悪くて、いても立ってもいられないだろう。

「つめてぇ風が吹きはじめると、懐《ふところ》が寒くなるのか。魔が差す者も増えるんだろうなぁ。けど、二十歳の娘っ子のところに押し入るなんてよぉ」

「二十歳? 十六じゃないですか、あれっ⁉ 十八だったかしら」

吉は眉を上げた。光太郎は片方の口の端を上げて苦笑した。

「表向きはな。年をごまかしてんだ。若駒だけじゃねえ、寿太郎もだ。んなことは知っているもんはみんな知ってる」

「はぁ……」

「もとい。若駒のところに押し入った賊は、魔が差したとか、出来心《できごころ》でやらかしたんじゃねえや。あの家が娘義太夫の家で、金目《かねめ》のものがあるとわかって押し込んだにちげえねえ。真っ昼間に、舟をしたてて、わずかな間に全部持っていくなんて、手際《てぎわ》が良すぎる。手慣れてねぇとできゃしねえ」

光太郎はきっぱりいい切った。

「……ばっかみたい。盗みなんて。人を泣かせて」

「自分だけは逃げ切れると思ってるのさ」

吉は唇をかみしめた。

金が盗まれたときには、同心たちは吉原などの遊里で派手な支払いをしているものにまず目をつける。

ものが盗まれたときには、古着屋や質屋などを洗う。

盗難が発覚すると、同心や御用聞《ごようき》きたちは、すぐに近隣の質屋や古着屋に赴《おもむ》き、盗まれたものを売りに来た輩《やから》がいないか尋ね歩くのだ。

知らせを受ければ店の側も警戒を強める。もし似ている品を持ち込んだものがいれば、すぐに届け出る。

というのも、盗品は店に災厄をもたらすものに他ならないからだ。盗品と知っていて買ったりでもしたら、店は厳しく処罰される。たとえ盗品だと知らずに買い入れたとしても、店は無傷ではすまない。さらに本当の所有者が現れた場合は、店は無償で返さなくてはならなかった。また、質屋に質入れの記録がなければ、質屋の落ち度となりこれも処罰の対象となる。

ことほどさように、盗品を金に換えるのは簡単なことではなく、そこから足が付くことが多かった。

吉はすみの姿がないことに気が付いた。吉の目がきょろきょろ動いていること に気付いた光太郎がいう。

「真さんからの伝言だ。今日もすみを連れていくとさ」

吉は胸に手をあてて、短く息をはいた。

「ありがとうございます。あの……今日、浅草に行く折に、若駒さんのところに お見舞いに行ってもいいでしょうか」

「ああ。せいぜい慰めてこい。あの人気だ。若駒はこれからまた稼げるさ」

光太郎は真顔で言った。

馬琴の金糸雀の世話をさっさとすまし、吉は若駒の家に向かった。

若駒は入口の心張棒《しんばりぼう》を自分ではずして、吉を中に招き入れた。

「若駒さん……何ていっていいのか」

「何もかも盗られてしまって……これからどうすれば」

若駒はそういうと、袖で口元をおさえた。

先日訪ねたときに床《とこ》の間にかけられていた掛け軸も立派な花卉《かき》もなくなってい る。違い棚の上に飾られていた瀬戸物《せともの》の人形やぎやまんの器もない。

吉は、はらはらと涙をこぼす若駒のそばに座り、背中をそっとなでた。若駒は甘えるように鼻をすすり、泣き続けた。

女中が戻ってくると、若駒は涙だらけの顔で駆け寄った。

「あの人は？」

「それが……旦那さんは、忙しくて来られないそうです。しばらくおとなしく待っていてくれという伝言で……」

「そんな……」

若駒はうなだれ、こぶしを握りしめた。女中は、昆布問屋の主のところに、使いに行ったに違いない。

「怖くて、もうひとりじゃいられないのに……お前じゃ役に立たない。私が行って呼んでくるさ」

声を荒らげた若駒の前に女中が立ちはだかった。

「いけません。向こうにはご本妻《ほんさい》がいらっしゃるんですから」

「どきなさい」

「修羅場《しゅらば》にでもなったら、たちまち悪い噂が町に広がってしまいます。それでもいいんですか。どうぞ落ち着いて……」

若駒は唇をきつくかみ、畳《たたみ》の上にわぁっと泣き崩れた。気の毒で、吉は慰める言葉が見つからなかった。

浅草の仲見世は、相変わらず、大変な人込みだった。近くで盗みが起きようが起きまいが、町の賑わいは変わらない。

町をぐるぐる歩き回っているうちに、また『美術・古美術・新富』の前に出た。ふと、若駒が持っていた蓋つきのぎやまんのことが思い出された。

若駒が大切にして、蕎麦ぼうろを入れていた。あのきれいな器も盗まれてしまったのだろうか。

昨日、店から追い出されるような仕打ちをされたのに、気が付くと、吉はのれんをくぐっていた。

もう一度、あのぎやまんの器を見たかった。

奥から出てきた男は、客が吉だとわかると、語気《ごき》を荒らげた。

「またかね。おまえさんたちに買えるものなど、ここにはありませんよ」

吉は昨日、器が置いてあったところに目をやった。見当たらない。吉は店全体をすばやく見回し、ひるまずに言葉をかける。

「ぎやまんの蓋付きの器は売れたんですか」

「ぎやまんの？」

「ほら、淡い桃色の……」

「そんなもの、ありましたかな」

吉は驚いて、男の顔を覗き込んだ。

つい昨日、ここで見たばかりなのに、男はすっとぼけてみせた。いったい、どの口がいっているのか。吉は眉をひそめた。

「あったじゃないですか。娘義太夫の若駒さんのお宅にあったのと同じ器ですよ。あれも新富さんが扱われたんじゃないですか」

「さあ……存じませんな」

男はにべもなく言い捨てた。

「……こちらにあったものと、若駒さんのもの、御神酒徳利《おみきどっくり》のようにそっくりだったのに」

ぎやまんはひとつひとつ柄や質感が違う。形も色合いもそっくり同じならば、同じ時代に同じ場所の同じ工房で作られ、一緒に南蛮から運ばれてきたものに違いない。

若駒が大切にしていたぎやまんは、どう考えてもここ新富を通して得たものと考えて間違いがないはずだった。

「冷やかしはお断りだ。うちはご紹介のない方にはお売りしないんですよ」

出ていけと言わんばかりに、男は表の扉を吉に指し示す。

吉はあわてて店を後にした。

なぜあったものをないというのか。どう考えても腑《ふ》に落ちない。

風香堂に戻ると、すみは唇をかみながら筆を握っていた。

吉は真二郎の前に座ると手をついた。

「真二郎さん、今日もおすみさんをありがとうございました」

「今日は富山の薬売りの話を聞いてきた。で今、薬売りという題で、読売用の絵を描いてもらっている」

「がんばってね、おすみさん」

すみは振り向きもせず、おざなりに首だけひょいと曲げた。

それからまもなく、すみは立ち上がり、真二郎に絵を見せた。真二郎が吉に声をかける。すみが口をとがらせた。

「またお吉さんにも見せるんですか。どうせなんにもいわないのに」

「お吉がおめえのことをかばったから、首の皮一枚でここにつながっているってことを忘れてるんじゃあるめえな」

すみはそういった真二郎ではなく、吉をぎらっとにらんだ。

すみは、大きな箱を背負って訪ねてくれる薬売りを描いていた。菅笠《すげがさ》をかぶり、すくっと立っている。吉はじっと見つめ、やがて口を開いた。

「う〜ん。惜しいな。動きがあれば……」

「動き？」

すみが眉を寄せた。真二郎が続ける。

「薬売りはいくつもの山を越えてくる。江戸の町を歩き回る。止まっているんじゃ、薬売りじゃねえや、歩いている姿を描いてみろ。……お吉、そういいたかったんじゃねえか」

「そうですね……薬売りのあとをついてくる子どもたちを描いてもいいかも。薬売りは紙風船や浮世絵《うきよえ》をおまけにくれるから子どもたち、大好きですよね」

「それ、いいじゃねえか」

膝を進めた吉に、真二郎が微笑んだ。

「真二郎さんはどんな絵を描かれたんですか」

真二郎は富山の薬売りが置いていく木製の引き出しを描いた絵を差し出した。

「越中富山　御薬品入れ」と筆で黒々と書かれており、半分引き出された引き出しには、反魂丹《はんごんたん》をはじめさまざまな薬が入っているのが見える。

さらにもう一枚、真二郎は描いていた。

こちらに描かれていたのは、團十郎の外郎《ういろう》売りだった。裾《すそ》短《みじか》な水色の着物に派手な袖なし羽織を重ね、頭には手拭いをまき、手には扇《おうぎ》に外郎の箱、「ういろう」という文字が書かれた大きな箱を背負っている。ぐいっと目をむいたところがかっこよかった。

「ええ～っ、歌舞伎の役者絵みたいじゃないですか」

すみが首をひねって真二郎を見上げた。

「役者絵っぽいものは読売では人気があるんだ。困ったと思ったら、役者絵にならねえか考えてみるといいぜ」

吉は心の中で真二郎に手を合わせた。

すみがどれだけ気が付いているのかわからないが、真二郎は、読売の絵がどんな役割を負っているのか、そのためにはどう発想したらいいのかということを、すみに教えてくれている。

習うより慣れろ。背中を見て覚えろ。という師匠が多いのに、真二郎は自らも筆をとり、なぜその絵を描いたかという理由まで説明してくれている。

あとはすみの努力次第だった。

「真二郎さん、本当にありがとうございました。とても勉強になったと思います。明日から、私がおすみさんを浅草に連れていきます」

「ええ〜っ、あたし、まだ真二郎さんに教わりたいのに」

「おすみさんに真二郎さんから学んだことを生かして、描いてほしいの。これからは実践よ」

すみは不満そうに頬を膨らませた。

「いよいよ、そっちも仕上げか」

「まだまですが、なにせ店の数が多いので、少しずつ進めていかないと」

「おれも、浅草を歩きてぇな」

真二郎がつぶやく。吉は思わずうなずいた。

すみとではなく、真二郎と浅草を歩けたら、どんなにいいだろう。

安心して絵を描いてもらえるだけではない。

久しぶりに、真二郎と何気ない話をしたかった。

真二郎が笑ったり、目をむいたりするさまを見たかった。

だが、真二郎は絹と組んでいる。

た。


「おすみ、お吉の言うことを聞いて、いいものを描けよ」

すみは口だけ動かして真二郎にも生返事をした。このすみとこれからまた一緒かと思うとうんざりするが、仕方がない。すみの手ほどきを買って出てくれた真二郎のためにも、吉はがんばろうと思った。

「そちらの薬番付はいかがですか」

吉は真二郎に尋ねた。

昨日は朝鮮人参、今日は富山の薬売り。薬番付も佳境に入っているはずだった。

「明日から、仕上げにかかるつもりだ。これまでにも薬番付はねえわけじゃねえが、今回は絵入りだから……話題になってくれればいいが」

「評判にならない理由がございません」

不意に絹の声が飛んできた。

「私、確信しておりますの。紹介する薬の数は減りますけれど、効能をきっちり入れるのもはじめてですので、きっと飛ぶように売れますわ」

これまで黙って筆を動かしていた絹が昂然《こうぜん》と顔を上げている。脂《あぶら》の抜けたような顔で吉がうなずく。

「そ、そうでしょうとも」

真二郎が吉の表情を見て、くすりと笑った。

絹は迷いなく、まっすぐに突き進んでいく。いつどこでも決してぶれはしない。

その晩、吉はとぉんと帖に向かって筆を走らせた。

浅草で食べた団子やまんじゅうの味や形、名前の由来などを残らず書き記す。

六歳で字を覚えて以来、食べた菓子について欠かさず、帳面に書いてきた。年によって、厚い薄いはあっても、一年一冊で済んでいたのに、今年はすでにかなり分厚くなってしまっている。

「読売の書き手になってから、よく食べているから。新しい帳面作らないと」

ふっと笑みがこぼれた。甘い菓子は、吉を励まし、力づけてくれるものなのだ。

しかし、床に入り、目をつむると、『美術・古美術・新富』の主のおかしなふるまいと、盗みに入られて泣き崩れていた若駒のことが思い出されて、なかなか寝付けなかった。

その四　その口、閉じて

　翌早朝、吉は戸をどんどんとたたく音で目が覚めた。あたりは薄暗く、夜明けまではまだ間《ま》がある。

「お吉さん、お吉さん」

　声に聞き覚えがあった。あわてて寝間着《ねまき》に袖《そで》なし半纏《はんてん》を羽織って戸に駆《か》け寄る。

「すいやせん。同心《どうしん》の上田さんの御用聞《ごようき》き、小平次で」

　心張棒《しんばりぼう》を急いではずし戸を開けると、散らばっているほくろのせいで顔が豆大《まめだい》福《ふく》のように見える小平次が、息を切らして立っていた。

「いったいな……」

「若駒……来ていやせんか。……いねえか。朝っぱらから起こしちまってすまなかったな」

長屋の中をぐるりと見回し、立ち去ろうとした小平次の袖を吉はとっさにつかんだ。

「若駒さんに何かあったんですか？」

「……火が出た。若駒んちはまる焼けだ。若駒の行方《ゆくえ》もわからねえ」

「火事⁉」

吉の胸がぞっと冷えていく。

両親が火事で命を落としたため、吉は火事が怖い。火が出たと聞くと、うなじのあたりがしびれる気さえする。

若駒は一昨日《おととい》、盗みに入られた。そのうえ、火事で家を焼かれるなんて、なんということだろう。涙に暮れていた若駒の姿を思い出し、いつしか吉の体が震えだした。

出火元は若駒の家で、あっという間に火に包まれたという。

近所の者が家から飛び出した若駒らしき女を見たというが、火が消えたときには若駒の姿は忽然《こつぜん》と消えていた。

「付け火のうたげえもあって……今、若駒を捜してるところで……」

小平次は言葉を濁《にご》した。

「まさか、若駒さんが付け火をしたって疑っているんじゃないでしょうね」

吉が甲走《かんばし》った声でいうと、小平次は頰をゆがめた。

「とにかく、若駒を捜して話を聞かねえと……」

白みかけた町の中に消えていく小平次の後ろ姿を見送りながら、吉は呆然《ぼうぜん》と立ちすくんだ。

ぞくぞくと戸を開け、御用聞きが来たのはなぜかと問いかける長屋の人々をなんとかいなして、吉は支度《したく》を整えると、早めに風香堂に向かった。

浅草の若駒のところに行くという伝言を風香堂に残し、吉は日本橋を渡った。

昨日まで曇天《どんてん》が続いていたのに、こんな日に限って、晴れ晴れとした空が広がっている。川には野菜や魚を積んだ小舟が浮かび、江戸城の瓦《かわら》が日の光に輝き、遠く富士山まですっきりと見えた。

本石町《ほんこくちょう》を右に曲がり、浅草御門を渡る。納豆売りやあさり売りの声が町に響いていた。

若駒はどこに行ってしまったのだろう。盗みに入られたときにも、あれほど動転していたのだ。火を見て我を忘れて逃げてしまったのかもしれない。

付け火という小平次の言葉も、吉の胸に魚の小骨のようにささっている。

まさか、若駒がそんなことをするわけがないと、吉は何度も打ち消した。大切なものを盗まれて、残っているのは家だけ。その家を失うようなまねを若駒がするはずがない。

付け火の犯人には、江戸市中引き回し、火あぶりの刑が待っている。一家の主がことに及べば妻や娘が婢《はしため》に落とされ、遠島《えんとう》にされることもある。本人だけでなく、家族にも累《るい》が及ぶ最も重い罪なのだ。

天王橋《てんのうばし》を渡り、諏訪町《すわちょう》を抜け、浅草の広小路に出ると、早くも浅草寺参拝の人々で賑《にぎ》わっていた。

参拝は朝日を浴びながらするがよしということを信じている人が多いうえ、奥山の芝居小屋は明け六つ（午前六時）から始まるため、夜も明けきらぬうちから人が集まる。

その中には、若駒や寿太郎の娘義太夫《むすめぎだゆう》を楽しみにやってきている人たちもいるはずだった。

若駒が、家のあったところか座元の小屋に戻ってくれていますようにと祈りながら、吉は先を急いだ。

花川戸町《はなかわどまち》から浅草聖天町《しょうでんちょう》に入ると、つんとものが焼けた匂いが鼻をついた。

すぐに焼け崩れた山川町の一角に出た。

山谷堀沿いの若駒の家はすっかり焼け落ちている。

一足先に戻った小平次が、紋付《もんつき》の黒羽織《くろばおり》姿の上田と話し込んでいた。二人の前に立っているのは、若駒の家の女中だった。

あわてて自宅から駆けつけたのだろう。髪を後ろで無造作《むぞうさ》にまとめている。

「旦那《だんな》さんのところにもおられません。いったい、どこに行かれたのか……」

女中は眉《まゆ》をひそめ、ゆっくりと首を左右に振った。

「昨日、おめえが帰るときはどんな様子だった？」

「どんなって……すっかり気落ちしていて……泊まってくれないかと頼まれたんですけど、そうもいきませんで、気を確かに持ってと励《はげ》まして、帰ってしまって……まさか世をはかなんで火を付けたなんて……ああ、あのとき一緒にさえいればこんなことに……」

小平次に女中はぽつりぽつりと答え、目を指でおさえた。

女中の言い草《ぐさ》に、だんだん吉は腹が立ってきた。

まるで若駒が付け火をしたようではないか。

通いとはいえ、昼日中《ひるひなか》若駒の家をまかされている女中だ。その女中が若駒の疑いを深める言葉を口にするなんて、信じられない気がした。

いちばん身近にいる女中に若駒はどう映っていたのだろう。

芸に精進《しょうじん》する娘義太夫の一人者《いちにんしゃ》だろうか。それとも気持ちの抑えがきかない、わがままな女にすぎなかったのだろうか。

けれど、昨日、この女中にいさめられ素直に従った若駒の様子を思い出すと、理《り》不尽《ふじん》なことをいったり、したりする娘には思えない。

それでも夜、ひとりになり、魔が差したように気持ちの歯止めがきかなくなってしまったのだろうか。

吉は首を振った。まだ若駒が付け火をしたとは決まっていない。

カステイラをおいしそうに食べる若駒の姿や蕎麦《そば》ぼうろを差し出したときの嬉しそうな表情を吉は思い出した。

家に盗みに入られても、ものが失われても、若駒には芸がある。やけくそになって、人をまきこむ付け火などするはずがない。

思い込みや決めつけは禁物だった。

とんと肩をたたかれ、振り向くと真二郎が立っていた。

目を丸くした吉に、絹が風香堂で原稿を書いている間、一階の清一郎の読売の聞き取りの手伝いに駆り出されたと、真二郎は言った。

真二郎の後ろに、ちゃっかりすみが控えていた。

「昨日、お吉さんが今日からあたしと一緒に浅草を歩くっていってたのに、そんなことすっかり忘れられちゃったみたいで。だから、真二郎さんにくっついてきたんです」

うらみがましくいって、すみは一歩前に足を進めた。

「ほんとなんですか。若駒さんが付け火したって。今をときめく娘義太夫が、付け火！　よくまあ、そんなことできたもんですね。捕まれば火あぶりなのに。ああ、恐ろしい」

興味津々《しんしん》の表情でいって、大げさに顔をしかめたすみを、吉はきっと見据えた。

「そうと決まったわけじゃない。いい加減なこと、口にしないで！」

「私がいったんじゃありません。あの女がいったんじゃない」

すみが女中を指さした。その声を聞き咎《とが》めたのか、上田がこっちを見た。女中は悪いことが見つかったかのように首をすくめている。

「真二郎、お吉さん」

上田はふたりに駆け寄った。

上田は吉に、早朝、小平次に吉の家を訪ねさせたことをわびた。

「いいんです、そんなことは。ただ若駒さんのことが心配で。昨日、お見舞いに行ったら、ほんとにがっくり落ち込んでいたから。それに、若駒さんの家に盗みが入ったと同じ時刻ころ、あたし、若駒さんを見かけて、なんだかそれも気が引けていて……」

上田ははっと、吉の目を覗《のぞ》き込む。

「一昨日、お吉さん、若駒と会ったんですか」

「ええ」

「どこで見かけたんですか。誰かと一緒でしたか」

浅草仲見世の近くにある『美術・古美術・新富』から、昆布問屋の主《あるじ》と出てくる若駒を見かけたというと、上田は黙り込んだ。

「若駒の家から盗まれたものは、ぎやまんやら更紗《さらさ》の帯、唐桟《とうざん》の紙入れや袋もの……南蛮渡りのものが多かった……」

唐桟も更紗も異国から持ち込まれた高価な布だ。

「若駒の旦那は、昆布問屋の冨八《とみはち》か……」

「確か、冨八の店は花川戸町だったな」

真二郎が上田に言った。

ここに来る途中、花川戸町にその看板を見つけたことを吉は思い出した。

上田が補足するように言う。

「花川戸町の冨八は金沢《かなざわ》の店の出店だそうですな」

「北前船《きたまえぶね》か……」

「ですね」

今度は真二郎と上田がふたりして黙り込んだ。

「将軍様のお膝元《ひざもと》の江戸の店が本店じゃなく出店って、どういうこと？」

ふたりが考え込んでいることなどお構いなしに、すみが尋《たず》ねる。

「昆布は蝦夷《えぞ》でとれる。それを運んでくるのが北前船だ。蝦夷から金沢に、金沢から下関《しものせき》、大坂の堺《さかい》、そして江戸へと運ばれてくる。冨八の、北前船の起点が本店のある金沢なんだろう」

「下関、堺……」

上田がうなりはじめた。

「行ってみるか、冨八」

真二郎がうなずいた。

冨八に向かう上田と真二郎の後を、行きがかり上、吉とすみは追いかけた。

冨八は間口五間（約九メートル）ほどの立派な構えの店だった。間口十間（約十八メートル）を超す豪商とまではいかないが、白壁《しらかべ》の堂々たる建物で、屋根の瓦も立派なものだ。

通りに面して「昆布問屋　冨八」と白字で抜いた大きな藍の木綿地《もめんじ》ののれんがかけられ、ひさしの上にも看板がのっている。

店の裏は大川に面していて、自前の船着き場も備えていた。

番頭は、腰は低いが、若駒の名を耳にしても顔色ひとつ変えなかった。若駒の家が焼けたというのは、近隣であることもあり、すぐに気付いたという。

「半鐘《はんしょう》の音を聞き、私も駆けつけ、若駒さんを探しましたが、見つからず……心配していたところでございます」

「旦那は？　妾《めかけ》の家が火事になったんだ。あわてふためいたんじゃねえのか」

「あいにく旦那様は所用で出かけております。……実は昨日、旦那様は浦賀《うらが》に発《た》たれまして、この火事のことはご存じないんです。先ほど急ぎ書状を送らせたところでして……」

「浦賀？」

上田のこめかみがぴくりと動く。

「まもなくうちの荷を積んだ船が浦賀に着きますものでして」

浦賀は江戸湾の入り口にあたり、数百艘の船が帆を下ろすことができるといわれる天然の良港だ。享保五年（一七二〇年）以来、浦賀奉行所が設置され、海の関所の役割を担っている。

江戸に出入りする船舶を取り締まり、荷物改めなども行うため、浦賀の町には百を超す廻船問屋《かいせんどんや》の屋敷が立ち並び、大勢の役人が詰めている。

「昆布を運んでくるのか？」

「さようでございます。蝦夷から金沢、大坂を経由いたしまして、最後が江戸でございます」

番頭は過不足なく答える。

若駒のことがわかればこちらにも知らせてほしいと、番頭は上田に頼んだ。

「そちらは……」

番頭は吉とすみに目をやった。

しかたなく、吉が読売屋風香堂の書き手で、若駒に以前好きな菓子の聞き取りをした縁で、火事見舞いに来て、上田たちについてきたというと、番頭は目を糸のように細めた。

「お菓子のことを読売に？　ああ、若駒さんのカステイラのことを書かれたのは……」

「……この人ですよ」

上田がいうと、番頭がぽんと手を打った。

「それでしたら……少しばかりお待ちください」

奥に姿を消し、番頭は大きな紙箱を持って戻ってきた。

「金沢名物の長生殿《ちょうせいでん》というお菓子でございます。先日届きました。せっかくですので、おひとつ、召し上がってくださいまし」

長生殿は、上等な落雁《らくがん》だった。

夕方、松五郎と民に届けると、「上等な砂糖をこんなにふんだんに使っているなんて……」と目を瞠《みは》った。

すみと浅草を歩かなくてはならないため、翌朝は、吉は夜明けとともに家を出て、まずは馬琴のところに向かった。

金糸雀《カナリア》の世話を終え、お茶とともに長生殿を差し出すと、馬琴は眉をぐいと上げ、口元に笑みを浮かべた。

「こりゃ、珍しい。加賀《かが》の長生殿じゃねえか」

「ご存知でしたか」

吉は膝《ひざ》を進めた。

「落雁の最高級品とされる菓子だ。前田《まえだ》の殿様のお気に入りで、菓子に刻まれた長生殿という三文字は小堀遠州《こぼりえんしゅう》の筆ってしろもんだ」

「小堀遠州？」

「備中松山《びっちゅうまつやま》藩主から近江小室《おうみこむろ》藩主になった小大名で、遠州流《えんしゅうりゅう》の茶道を生み出した人物だ。前田の殿様とも仲良くて、茶室を作ったりもした。その縁だろうな、この菓子の文字を書いたってのは」

長四角の札のような形で、表面に「長生殿」と描かれている。口に含めば、極上の甘味がいっぱいに広がる。

「こんな豪勢な菓子ができるのも、北前船が来るからだな」

吉は、先日、上田と真二郎が、蝦夷でとれる昆布を運んでくるのが北前船だといっていたことを思い出した。

「昆布とお菓子、何の関係があるんですか」

そう尋ねた吉を見て、馬琴はにやりと笑った。

「昆布だけじゃねえ、蝦夷から運ばれてくるのは身欠《みか》きにしんやら、カズノコやら、あっちでしかとれねえものがあるだろ。酒田《さかた》、新潟《にいがた》、金沢などの港を経由して、品物を下ろし、さらに南下して下関を回り、大坂で、江戸で下ろすわけだ。船に積んだ品物をなくなれば、船倉《せんそう》には空《あ》きができる。おめえなら、どうする？」

「どうするって？」

「空《から》の船倉をそのままにして船を走らせるか？　それぞれの土地のそこにしかねえものや、そこだと安く手に入るものがあるってのに」

「港々で買い付けたものを積んで運べば無駄がないということですか？」

「おまけに、もうかる！」

馬琴は、勢いよく膝をたたいた。馬琴は心底、もうけ話が好きなのだ。

「でもそれがなんでお菓子と？」

馬琴は、片方の口の端を吊り上げる。やっぱり人の悪そうな顔になった。

「この間、おれが話してやったろ。黒砂糖の話を」

「でも、この長生殿に使われているのは和三盆じゃ……和三盆は阿波《あわ》ですよね」

ちっと馬琴が面倒くさそうに舌打ちをした。

「この際、和三盆のことはおいとけ。菓子一般の話だ。もう一度、聞くぞ。黒砂糖はどこで作られてる?」

あのとき、薩摩と吉は答え、馬琴は違うと首を横に振った。

「……薩摩が支配している奄美と琉球ってところでしたよね」

「そうだ。薩摩はそれをまき上げ、大坂へ積み出してる。大坂だけじゃねえ。下関なんかにも流してるって話だ」

下関は九州と接している長州《ちょうしゅう》の港町だという。

「昆布を下ろし、引き換えに砂糖を積むってことですか」

馬琴がぎょろりと目を動かし、うなずく。

「砂糖だけじゃねえ。南蛮渡りのものやら、ぎやまん、瀬戸物《せともの》、朝鮮人参……くそぉ~、もうかってたまらんな」

「………」

若駒のぎやまんの器のことを吉は思い出していた。

若駒はどこでどうしているのだろう。火事の後、どこに行ってしまったのだろう。

浮かない顔になった吉を、馬琴はちらりと見て、小鼻をぽりぽりとかく。

「分別臭《ふんべつくさ》い顔しやがって。どうした、腹が減ったか？　食いすぎか」

「何いってんですか、先生はまったく。たまには、恋煩《こいわずら》いか？　くらい言ってください。私だって考え事をするときくらいあるんです。また明日、参ります」

吉はぷりぷりした口調でいって馬琴宅を後にした。

それから三日たっても、若駒の行方はわからなかった。

吉は気になりつつも、買物案内を作るために、すみを伴《ともな》い、浅草を歩き続けた。

すみの仕事ぶりは相変わらずだった。

筆の線はきれいだが、絵に心がこもっていない。頭も使わない。

団子を描かせれば、何も考えずに真ん丸の団子を並べて描いてしまう。かんざし屋の絵を頼めば、びらびらがついたものをしゃっと描く。

「あそこの団子は真ん丸じゃなくて、平たくて四角い形で、醬油《しょうゆ》の焦《こ》げがおいしそうだったでしょ。それに串は竹串。あの店の団子だって、ひと目でわかるように描いてもらいたいんだけど」

「人気のかんざしは小さなサンゴがついているものってお店の人がいっていたでしょ。丸い玉がついたものも評判だって。それなのになぜびらびらのかんざしなんか……びらびらは一昔前にはやったものだから、今は扱っていないって、お店の人、いってなかった？」

いちいち、すみの絵をつっかえすのもうんざりするような仕事だった。そのうえ、すみはすぐには引き下がらない。

「そういうものを描けっていわれれば、私はちゃんと描けます」

まるで吉の指示が悪いような言い方をして開き直る。

「いわれないと、描けないじゃ、困るんです。一緒に店を回っているんですから」

「そんな言い方、よくできますね。ひどい」

すみの泣き声が響きはじめると、風香堂に光太郎の雷が落ちる。

「びいびい泣きやがって。お吉、おめえが面倒見るといったんだ。ああ、面倒くせぇ。おすみ、泣くんじゃねえよ」

泣きたいのはこっちのほうだと毒づきたくなる気持ちを抑えるのも、吉にとってひと苦労だった。

上田は、若駒だけでなく盗品の行方もさっぱりつかめないと首をひねっていた。南蛮渡りのものだから、どこかの店に持ち込まれればすぐに足がつくと踏んでいたのに、情報がどこからも上がってこない。

盗品を手元に置いたままにしているのか、違う土地で売りさばこうとしているのか、あるいは南蛮渡りの好《す》き者《もの》たちの間でひそかに売買したのか。となると、盗人を捕らえるのは簡単ではなくなると上田はため息をついた。

一日、間にはさんだだけで、火事と盗みが起きたというのも、めったにあることではないと、上田は気にしていたが、手掛かりがないのでは、動きようもないという。

この日は、がま口の「文庫革姫路《ぶんこがわひめじ》」や白粉《おしろい》や紅の「紅屋百助《べにやひゃくすけ》」、さらに袋物を扱っている店を数軒、訪ね歩いた。

浅草の街は、相変わらずの賑わいだった。

一息入れようと「三河屋《みかわや》」でふかし芋を求め、床几《しょうぎ》に座ってすみとふたりで食べていると、空の大八車《だいはちぐるま》をひいたおたつがこちらに向かってくるのが見えた。

「おたつさん！」

手を振った吉に、おたつもまた大きく手を振り返す。

「また聞き取りかい？　精が出るね」

「おたつさんも。配達の帰りですか。ご苦労さんです」

空の大八車を見て、吉がいった。

「これから店に戻って、また米を載せて吉原のほうまで行くんだ」

「吉原？」

すみが興味津々の顔で聞き返す。

吉原は浅草の北にある幕府公認の遊郭《ゆうかく》だ。

何千人もの遊女たちの頂点に立つ艶《あで》やかな花魁《おいらん》の姿は、浮世絵や錦絵《にしきえ》に描かれ、吉も目にしたことがある。

きらびやかな衣装を身にまとい、小さな子どもの禿《かむろ》や、まだ若い新造《しんぞう》などを引き連れて、夕暮れ時の遊郭の中を練り歩く花魁の絵は、一度見たら忘れられない美しさだった。

吉原は男の心をときめかす仕掛けも怠《おこた》りないことで知られていた。春には吉原の通りに満開の桜を移植し、雪洞《ぼんぼり》の灯りで照らしてみせる。夜に浮かび上がる桜の花の艶やかさに人は皆、酔ったようになると吉も聞いたことがある。

徳川家康《いえやす》の江戸入府を祝う八朔《はっさく》の日（八月一日）には、祝賀のために真っ白な帷子《かたびら》を着けて江戸城にそろう武士たちに倣《なら》い、吉原の女たちも白無垢《しろむく》姿《すがた》になり、その姿は「秋の雪」や「八朔の雪」と呼ばれている。

そのかかりはすべて、遊女の揚《あ》げ代に加味されている。引《ひ》き手茶屋《てぢゃや》に遊女を呼び、宴席を設け、遊女とともに見世へ登楼《とうろう》するという最高級の遊びをしようものなら、目の玉が飛び出るほどの大金が必要だった。

もちろん、それぞれの懐《ふところ》事情に応じた遊女もいて、若駒の家のあった山谷堀を猪牙舟《ちょきぶね》で吉原に向かう者もあれば、山谷堀沿いの日本堤《にほんづつみ》を徒歩《かち》で行く者もいる。

いくら表の顔がきらびやかでも、働く女にとっては命を削る場所に違いなく、それを示すように、吉原の周囲は黒板塀《くろいたべい》と、俗《ぞく》に「おはぐろどぶ」と呼ばれる堀がめぐらされていた。出入り口は大門《おおもん》と呼ばれる一か所だけ。遊女の逃亡を防ぐために、女の出入りは厳しく制限されている。

「まあ、吉原の中に入ったこと、あるんですか」

「米を届けて、すぐに帰ってくるだけだけどね」

男は吉原に出入り自由だが、女の場合は、引き手茶屋や四郎兵衛会所《しろべえかいしょ》が出す切手とよばれる通行証が必要で、大門を出る際には四郎兵衛会所の番人に提示するという決まりがある。たつはその切手を持っているのだろう。

「今、吉原は、十三夜《じゅうさんや》の月見のために沿道に薄《すすき》をかざり、まるで薄が原のようだよ。……『十五夜《じゅうごや》』と『十三夜』の両方の月見を行ってこそ本当の月見でございます。片月見《かたつきみ》は縁起が悪うございます、と、中じゃ、遣り手婆《ばばあ》たちが盛んに触れ回ってる。遊女たちも衣装を競って華やかなこと、この上ないよ。と、そんなこと言ってる場合じゃないや。吉原に米を届けたら、今日は、取って返して、橋《はし》場町《ばちょう》のほうまで行くんだった」

たつは頭を軽く下げると、足をふんばり、大八車の横棒に手をかけた。

「あ、おたつさん。ひとつお願いがあるんだけど」

吉はあわてて呼び止めた。

「山川町の火事、知っているでしょ。若駒さんの家の」

たつは振り返り、やるせないようなため息をついた。

「気の毒に。盗みに入られて、火事に遭《あ》い、行方知れずだっていうじゃないか。芸熱心で、かわいらしい人だったのに。無事でいてくれればいいけど。ったくどこに行ったんだか」

「おたつさん、若駒さんのこと、知ってるの？」

「まさか。見かけたことがあるだけさ」

「何か若駒さんのこと、耳にしたら教えてくれる？　おたつさんの次に、読売で紹介させてもらった縁があって……」

「あい、わかった。まわりにも聞いとくよ。じゃ、行くよ。遅くならないうちに、橋場町に着かねえと。なんせ届け先が浅茅《あさじ》が原《はら》の近くなんでね」

吉は口に手をあてた。

浅茅が原は、老婆が一夜の宿を頼む旅人の頭をかちわって殺し、金品を奪っていたという鬼婆《おにばば》伝説がある土地だ。

無類の猫好きであり、猫絵でも有名で、真二郎の仲間でもある歌川国芳も浅茅が原の鬼婆の絵を描いており、江戸でこの伝説を知らないものはいない。今でも浅茅が原は人気《ひとけ》が少なく、気味が悪い場所として有名だった。

「気をつけてね」

「合点承知《がってんしょうち》の助《すけ》！」

小気味よい返事をして、たつは大八車をひいていく。

吉はたつを見送ると、すみをうながして聞き取りに戻った。

昼過ぎ、また新富の店の前に出た。

のれんがしまわれ、扉が閉じられている。

「どうしたのかしら……」

近所の手拭い屋に新富のことを聞くと、朝は普段通り店を開けたが、四つ半(午前十一時)ころにあわただしくのれんを下ろしたという。

「高値のものばかり扱って。おいらたちなんか相手にしねえ。客は大店の旦那やお武家ばかりだ。お武家って言っても、小普請《こぶしん》の貧乏武士なんかじゃねえよ。お目見え以上の旗本《はたもと》だぁ」

ひとりも客が来ない日もあるが、三年あまりも店が続いているという。手拭い屋の主は胡麻塩頭《ごましおあたま》の小太りの男だった。

「客はみな、羽二重《はぶたえ》の立派な羽織着ちゃって。そうそう、娘義太夫の若駒も、旦那に連れられてよく来てたよ、ねえ、あんた」

女房が相槌《あいづち》を打つ。

「正月みたいな振袖着てな」

新富の主は近所付き合いもしておらず、町で飯を食ったり、買い物をしたりする姿も見かけないという。

「人情の町・浅草で、とんだ変わり者だよ。……でもそういや、この間、そば屋で見かけたじゃない。向島《むこうじま》に行く橋場の渡し場の近くのほら……」

女房が肩をたたくと、亭主がうなずいた。

「藪橋《やぶはし》か……都鳥《みやこどり》でも見に行った帰りだったのかね。女連れでな」

「あのへん、都鳥、いっぱい来るから」

「あんとき、天ぷらそば、食っただろ。うまかったなぁ。新富の旦那は、確か、あられそばだ」

「やだよ、人が食ったものまで……ほんと、食いもんのことだけはよく覚えているんだから。この人、とんでもなく食い意地が張ってて、あきれるだろ」

けらけらと笑って、女房は吉にいう。亭主は口をとがらせた。

「だってよぉ。藪橋の名物が天ぷらそばなのに、なんであられそば食ってんだって思ったから。……食いもんっていやぁ、新富の開店のときにもらった菓子、あれ、おめえ、覚えてねえか。めっぽううまかったじゃねぇか。なんだった、菓子の名前」

「またこれだ。そんな昔にたった一回こっきり食べたもんのことなんか、覚えてるかい。あんたじゃあるまいし」

主は首をひねり、頭を人差し指でとんとんとたたきだした。

「ちょ、ちょ、ちょう、ちょうせい、なんとかだ」

吉は目を見開いた。

「もしかして、長生殿じゃないですか。落雁でしょ」

「それだ。とろけるように甘い、上等な落雁だったよ」

冨八と新富が菓子でつながった。

新富も、冨八同様、もともと加賀・金沢の人間なのだろうか。偶然かもしれないが、富という文字も共通している。

礼をいって、手拭い屋を後にしようとしたとき、閉じられていた新富の戸があいて、女がひとり出てきた。吉はとっさに足を止めた。息をのんで様子をうかがう。

女は、若駒の女中だった。上田に、若駒が世をはかなんで火を付けたかもしれないとにおわせたあの女だ。

慣れた手つきで戸に鍵をかけ、これまでに見せたこともないような険《けわ》しい顔で、人波の中を歩いていく。

吉は振り向きもせずにすみにいう。

「申し訳ないけど、風香堂に戻ってくれる。ちょっと用事を思い出したから」

「何それ」

「風香堂に戻って、今日聞き取りをした店の品物の絵を仕上げてほしいの」

女中が道具屋の新富からひとりで出てきたということ自体がただごとではない。何がどうとはいえないが、何かが起きているような気がする。

けれど、この思いをすみにとっさに説明することもできない。ましてや、すみを巻き込むわけにはいかない。

だが、すみはにらみ返した。

「お吉さん。隠してもだめよ。あたしを追っ払おうとしているでしょ。わかるんだ、あたしは。そういうことはぴんとくる性質《たち》だから。自分だけおもしろいことしようと思っても、そうはいかのちょんまげだ」

切り口上《こうじょう》で得意げにいう。こうしている間にも女中はどこかに行ってしまう。吉はめまいがしそうだった。

「わかったわ。ただし、よけいなこと、口にしたら、ただじゃおかない」

「おお怖っ」

くめた。

大声を出したら台無しだというのに、すみは歌うようにいい、大げさに身をすくめた。

「その口、閉じて。これ以上、声に出すんじゃないよ」

そういうなり、吉はすみにどんと肘鉄《ひじてつ》をくらわした。

普段はおとなしい吉が語気も鋭く、こんなことをするとは思わなかったらしい。すみは口をぽかんと開け、はじめて吉を見るような目になった。

ふたりの弟妹を育てていたときの口調が今になって吉の口をついて出たのかもしれない。

松緑苑で働くことになったとき、店では女将《おかみ》の民や先輩女中たちの言いつけを黙って聞き、吉は粛々《しゅくしゅく》と体を動かした。

一方、長屋に帰れば、座る暇もなく、弟妹の世話を焼いた。いうことを聞かない弟やだだをこねる妹を、時に口やかましく叱ることもあった。

若駒を見つけるためなら、もはや、すみに遠慮する気はなかった。

「行くわよ」

唇《くちびる》をかみ、駆け出した吉を、すみはあわてて追った。

女中は広小路を抜け、吾妻橋《あずまばし》の前で右に曲がり、花川戸町の通りを歩き続ける。そして昆布問屋冨八にすっと入っていった。

道端におかれた天水桶《てんすいおけ》の陰に隠れ、吉は冨八の店先を見つめた。

若駒は冨八の囲い者だったのだから、女中が冨八に入っていくのは不自然なことではない。

けれど、新富からなぜ若駒の女中がひとり出てきて、戸締まりまでしたのか。やはり合点がゆかない。

だいたい主の若駒が行方知れずになっているときに、若駒と旦那がよく行っていた道具屋に女中がひとりで出かけるなんてことなどあるだろうか。

「お吉さん、あの女、誰なんです？　なんでこんなとこに隠れてんです？」

すみが吉の耳元でささやいた。

「あの人、若駒さんの女中なの……」

「えっ、女中⁉　あー、火事の朝、見かけた⁉　でもまるで別人じゃない？　あたしてっきり。誰かの囲われ者かと思った。縞《しま》の袷《あわせ》の衣文《えもん》をあそこまでぐいっと抜いて、唐草文様《からくさもんよう》の白地の帯に絞《しぼ》りの紫地の帯揚げを組み合わせるなんて、素人《しろうと》じゃ考えられないもの」

すみの言う通りだ。

絣の着物に藍の前掛けをかけていた女中のときとは別人のように色っぽい。それも素人ではなく玄人《くろうと》のそれだ。顔にも粉をはたき、唇には紅をつけ、触れなば崩れんばかりに髪も大きく結い上げている。

若駒が行方知れずになってわずか四日。

いったい、あの女中はどうしたというのだろう。

「なんで若駒の女中が道具屋から出てきて、冨八なんて大店に入っていくんですか？」

若駒の旦那が冨八であることを吉は口早《くちばや》にすみに伝える。

「わけがわからないの、あたしも」

「わけもわからず、追いかけてんですか」

こくんとうなずいた吉をすみはあきれたように見た。

「ばっかみたい」

やがて、女中は冨八から出てきた。

ひとりではなかった。まず新富の主が外に出たかと思うと、そのあとを追いかけるように女中が出てきたのだ。

男が道具屋・新富の主だと吉が耳打ちすると、すみの目がさらに大きく見開かれた。

紬の袷にそろいの羽織を着た新富の主から遅れまいと、若駒の女中は足を速め、山谷堀のほうに向かう。

吉とすみは再び、そのあとを追った。ふたりは今戸橋を渡り、山谷堀を越え、浅草今戸町《いまどちょう》に入っていく。

今戸町には、塀に囲まれた工房が並んでいて、ここかしこから煙が立ち上っていた。

この町は江戸きっての焼き物の町である。作っているのはもっぱら、瓦や植木鉢、七輪《しちりん》など、素焼きの日常雑器だ。なかでも、子どものおもちゃの土人形《つちにんぎょう》は、今戸人形と呼ばれ親しまれており、あちらこちらにその看板が出ていた。

今戸町を抜け、橋場に入ると、渡し場が見えた。

渡し場の手前に「藪橋」というそば屋があった。手拭い屋の夫婦が新富の主を見かけたというそば屋だ。

手拭い屋は、新富の主が都鳥見物の帰りにそば屋に寄ったような口ぶりだったが、ふたりがわき目もふらず先を急ぐ様子を見る限り、物見遊山《ものみゆさん》でここまで来ているのではなさそうだ。

何度も通いなれた道のように見える。

「あ、藪橋だ！　ここって手拭い屋さんがいってたそば屋さんじゃ……」

すみが大きな声を出して、吉の袖を引いたそのとき、前を歩いていた女中が振り返った。

吉の顔を見て、はっと顔色が変わった。

女中に続き、新富の主も振り返り、吉とすみを冷たく見据えている。

舌打ちしたいほど、すみに対して気持ちが泡立っていたが、吉は胸に手をあて、何気なさそうにいった。

「天ぷらそばでも食べていく？　ここおいしいらしいわよ」

「え？　食べるんですか？　今？」

目を白黒させているすみの腕を引っぱって、吉は藪橋ののれんをくぐった。店に入るなり、吉はすみの腕を突き放した。

「気付かれたじゃないの」

「だって……」

「あんたなんか連れてくるんじゃなかった。大騒ぎするだけで、へまばっかり……」

すみは悔しそうに吉をにらんだ。

「……あたしが声を出したから向こうが振り向いたってのは確かですけど、遅かれ早かれ、気付かれたんじゃないですか。隠れるところもない一本道なんだから。それに追いかけてなんになるんです？　……ほら、答えられない。それなのにあたしを怒るなんてあんまりです」

すみが決して謝らない女だと、吉は思い知らされたような気がした。一方で、遅かれ早かれ気付かれただろうというすみにも一理あるとは認めざるをえない。

「座って」

吉は土間におかれた床几《しょうぎ》に腰を下ろし、隣の椅子《いす》を指さした。

「へい。いらっしゃい」

店の奥から声が聞こえ、小僧が出てきた。吉は小僧に小銭を握らせると、渡し場のほうに男と女が立ってないか、確かめるように頼んだ。

小僧は小銭を嬉しそうに握り締め、飛ぶように外に出て、すぐに戻ってきた。

「そんな二人組は見当たりやせんけど。だいたい渡し場の舟はさっき出たばっかりでさあ。舟待ちの人影もありやせん」

吉はすみと二人分、天ぷらそばを頼んだ。もうすみとは何も話す気がしない。

江戸前の海老《えび》や穴子《あなご》の天ぷらは熱々で、新そば粉を使ったそばも薫り高かったが、ふたりはただ黙々と箸《はし》を動かした。

「この道の先に何かある?」

どんぶりを下げる小僧に吉が尋ねた。

「大川沿いのこの先? 町屋は酒井雅楽頭《さかいうたのかみ》さまの屋敷の手前までくれぇかな。……ずっと先まで行けば千住大橋《せんじゅおおはし》もあるけど……姉さんたち、何か探しているの?」

「気にしないで、忘れて」

新富の主と女中はどこに向かって歩いていたのだろう。

混乱しかけた頭を、吉は必死で整理する。

千住大橋は、日光《にっこう》への玄関口だ。

ふたりは日光に向かった? それはないだろう。旅姿などではなかった。町を歩く身なりで、荷物も携《たずさ》えていなかった。

渡し場から舟に乗るつもりなのだろうか。だが、小僧は舟待ちの人もいないといっていた。

「出来たてのそばまんじゅう、どうですか。二個で三文です」

小僧が籠《かご》にまんじゅうを持ってきた。

ふわっとそばの匂いがかおる。

吉は口元に笑みを浮かべると、ふたつ受け取り、ひとつをすみの前に置いた。

「いただきましょ。そば屋のおまんじゅうははずれがないから」

小ぶりなまんじゅうだった。手に取るとほんのり温かい。手で押すと跡が残りそうなほど、ふかふかだ。

吉はふたつに割り、半分を口に入れた。そば粉に山芋を混ぜたもっちりとした皮にこしあんがしっかり入っている。皮のうまさを引き立てる程よい甘味だ。

吉の気持ちがふっと緩んだ。甘い菓子は、吉をいつも力づけ、励ましてくれる。

もう半分も食べ終え、小僧が持ってきた淹《い》れたてのほうじ茶を飲むと、吉の頭がしゃんとした。背筋も伸びたような気がした。

ふたりが振り向いたときのことをもう一度思い返した。

吉の顔を見てふたりはぎょっとした顔をしていた。

まるで悪いことを見つかったかのように。

そして吉たちがそば屋に入って小僧が外に出るまでのちょんの間に、ふたりは姿を消した。逃げるように。

ふたりは後ろめたい秘密を抱えている。もしかしたら若駒が姿を消した先を知っているのではないか。その可能性がちょっとでもあるのなら、やはり、ふたりを見失ったのは残念至極《しごく》というほかはない。

けれど、橋場町は渡しの船着き場からちょっと先まで終わり、あとは田畑が広がっているだけだ。

ふたりは遠くに行っていない。

この近くにいるのではないか。

このあたりに目的地があったのではないか。

考えているうちに、吉はだんだんそう思えてきた。

それにしても、若駒の女中と、古美術・新富の主がなぜ顔見知りなのだろう。新富は金持ちしか相手にしないと豪語する商人だ。若駒ならいざ知らず、雇われ人の女中と並んで歩くなんて、どう考えても不釣り合いだ。

「お吉さん、まだ怒っているんですか。むす〜っとしちゃって。おまんじゅう食べたときだけですよ、眉の間にしわが寄ってなかったのは」

顔を上げると、すみが不満そうな顔で吉を見据えていた。

「あそこで見つかってよかったじゃないですか。向こうは、私たちがそばを食べに来たって思ってますよ」

反省のかけらもなく、すみはしゃあしゃあといった。

「……………」

「あのふたり、できてるのかな。女中は、若駒が雇ったんじゃなくて、冨八の雇い人だったのかしら。人んちの女中が小僧かなんかに声もかけずに店に出入りするなんておかしいでしょ。冨八の旦那が若駒に紹介した女中かもしれませんよね。いや、新富のあの男が紹介した女だったりして。新富のお得意さんが冨八なんですよね」

と、すみが声音《こわね》を変えた。

「いやあ、若駒の女中が急にやめちまって、誰かいねえかねぇ……」

冨八の旦那と新富の主の会話のつもりらしい。

「できれば、若駒に目を光らせることもできるような女中がいいんだが。妾に浮気なんぞされたらたまったもんじゃないからな……旦那、心当たりがございやす。よく働くこっちの思う通りになる女が。まかせてくだせえ。……頼まれてくれるか……かしこまりました。で、いかがです、このぎやまん……いい値段じゃねえか。……これだけの逸品、そうめったに手に入るもんじゃございやせん……それじゃあとで家に届けておくれ。女中のことは頼んだぞ……なんてね」

身振り手振りもつけて話すすみを、吉はあっけにとられて見つめ、やがてぷっと噴き出した。

「おすみさん、あんた、芝居小屋に出られるわよ。いや、戯作者《げさくしゃ》になれるかも」

支払いをすませ、店を出ようとしたとき、小僧が後ろから声をかけた。

「姉さん、この裏は浅茅が原。日が暮れたら、女だけでは歩かないほうがいいっすよ」

ふっとたつの顔が浮かんだ。確か、このあたりに米を届けるといっていた。

「ご忠告、ご親切に。早めに帰りましょうね、おすみさん」

「ですね」

渡し舟がついたらしく、船着き場から妙齢《みようれい》の男女たちが通りを歩いてくる。

「秋葉《あきは》様の紅葉は今年も結構でございましたな」

「目に染みるようでございました。大七《だいしち》の料理も絶品で、殿方は御酒がすすまれ……」

風を避けるように肩掛けを胸元で合わせ、女たちがふふふっと笑い、男たちは首をすくめた。紅葉狩りで有名な向島の秋葉権現《ごんげん》を訪ね、渡し船で帰ってきたのだろう。大七は秋葉権現の隣にある鯉《こい》料理で有名な料理屋だ。

船着き場に吉は目をこらした。渡し船にはすでに男女が数人乗り込んでいたが、その中に女中と新富の主の姿はない。

「お吉さん、帰りましょうよ。今から歩いても、万町に着くころには日が暮れちまう。女中と道具屋のただの恋の道行《みちゆき》ですよ。野暮《やぼ》もいい加減にしないと」

すみに嫌味たっぷりにいわれると、そんな気もしてくるが、やっぱり釈然《しゃくぜん》としない。吉は船着き場を通り過ぎ、さらに歩みを進める。

「お吉さん！　どこまで行く気ですか！」

すみが声を荒らげた。吉は振り向いて静かにいう。

「もうちょっと先まで見てみたいの。これ以上は申し訳ないから、おすみさん、先に帰って」

目の前を赤とんぼが横切った。この先の野原から飛んできたのだろう。

「じゃ、帰らしてもらいます、とでもあたしがいうと思ってたんですか。こんなところまで付き合わせて、ひとりで万町まで歩いて帰れなんて、冗談じゃない」

付き合ってくれなんて、吉は一言だっていっていない。勝手についてきたのに、すみはぷりぷり怒っていた。

「どうせお吉さんは、帰りは猪牙舟にでも乗って楽《らく》しようという魂胆《こんたん》でしょ」

「そんな贅沢《ぜいたく》しやしませんよ」

「あたしひとりが貧乏くじを引くわけにはいきません」

目を三角にして、すみは大声でいった。

「もう、大きな声を出さないでっていってるのに」

通りの右側には古い屋敷や工房が並んでいる。

左側は刈り入れのすんだ田圃《たんぼ》だ。

家と家の間の路地を覗き込みながらすみがつぶやく。

「都鳥がいっぱい」

路地の先には大川が広がり、白い鳥がたくさん浮かんでいた。羽が白く、くちばしが朱色の美しい都鳥だ。

手拭い屋は、新富の主はこの鳥を見に来たのだろうといっていた。

都鳥は冬が近くなると大川にやってくる鳥だ。

吉とすみは都鳥に目を奪われ、思わず、大川に続く路地に足を踏み入れた。

両側に高い板塀が続いている。

左の大川まで続く板塀のすきまから古い白壁の蔵《くら》と屋敷が見えた。川の際《きわ》には石垣が積んであり、そこに立つと対岸の本所《ほんじょ》向島界隈《かいわい》の町並もくっきりと見えた。

鱗雲《うろこぐも》が浮かんだ空から降り注ぐ光で、黄金色に染まった大川に数十羽の都鳥がのんびりと浮いている。

大きな屋敷のいくつかには、川に面した出口もあり、左側の屋敷もまた板塀に裏口が設けられ、川へと続く階段も作られていた。

「お吉さん、舟で帰りましょうよ。舟なら早いし、楽だし」

都鳥たちがばたばたと羽音を響かせ、いっせいに飛び立った瞬間、吉は後ろに人の気配を感じた。

はっとして振り向くと、人相《にんそう》のよくない男たちがぞろりと立っていた。

男たちは、吉に近づき、肩をどんと押した。

「痛い！　なんでそんな乱暴なことを……」

男たちは値踏みするような目で吉とすみを見下ろした。

「ここで何をしてる」

「み、都鳥を見て……」

またどんと肩をこづかれた。吉は叫んだ。

「通して下さい。帰ります！」

大声を上げた吉の耳元に男のどすの利《き》いた声が響く。

「騒ぐんじゃねえ」

男たちは吉とすみをとりかこみ、左側の板塀の裏にある片開きの出入り口から中に押し込んだ。幅は一間半（約二・七メートル）ほどもあるだろうか。蔵にものを運び入れるための出入り口らしい。

中には松や楓《かえで》が植えられた瀟洒《しようしや》な庭が広がっていた。ぎぃっと出入り口がしまり、がたんと閂《かんぬき》が締まる音が聞こえた。

捕まった。吉は絶望的な気持ちになった。

男のひとりが、屋敷の中に走っていく。

しばらくして庭に面した廊下を歩いてきたのは新富の主だった。

「確か、読売の風香堂の書き手だったな」

縁側におかれた座布団に座り、新富の主が見下ろすようにいった。吉とすみは、男たちに乱暴に体を押され、土の上に膝をついた。

「あとなんか尾《つ》けやがって。なんのまねだ」

冷たい目で見据え、新富の主が続ける。

男たちは六人、新富を入れて七人。みな、底光りするような目をしている。

怖くて声が出なかった。震えも止まらない。吉の歯はかたかたと鳴り、あわあわと口が動き、目には涙が浮かんだ。

「おそばを……藪橋のおそばを食べに来ただけです……」

「ほう。そばをな」

新富の主は唇をゆがめた。

吉は、手拭い屋の主夫婦から聞いたことを必死で思い出した。

「は、はい。天ぷらそばがおいしいと聞いて……そばまんじゅうも絶品だって……。近くで都鳥も見られるって。……天ぷらは揚げたてで、海老も穴子も入っていました。そばは新そばで。鰹節《かつおぶし》でとっただしも上等で。蒸したてのおまんじゅうもおいしくて、そば粉と山芋でできた皮がもちもちとしていて、あんは黒糖で甘味をつけたこしあんで……そばまんじゅうはふたつで三文と、値段もちょうどよく……」

まんじゅうの話をすると、不思議なことに、少しだけ気持ちが落ち着いた。

話をしながらも、吉は頭を巡らせた。

なぜ、新富の主は吉とすみを捕らえたりしたのだろう。

吉とすみを連れ去ったりしたら、大事《おおごと》になるということがわからなかったのだろうか。吉たちが浅草に聞き取りに行っていることを光太郎たちは知っている。風香堂の光太郎や真二郎は自分たちのことを必死になって探すに違いない。

すぐには無理かもしれないが、早晩《そうばん》、手拭い屋をつきとめ、吉たちが新富の主のことを聞いていたことを知るはずだ。

しかし、早晩とはどのくらいだ。何日もかかってしまうかもしれない。

なんとしてでも、時間を稼がなくてはならない。

吉は話し続ける。

「そばまんじゅうの甘味はやはり黒糖に限ります。黒糖のコクと、そばの風味の組み合わせがよろしいんだと思います。まあ、そばまんじゅうに高価な和三盆などを使う店はございませんけれど。和三盆は、琥珀寒《こはくかん》や練《ね》り切《き》り、上等な落雁に限りますので」

落雁と口にしたとたん、長生殿のことが思い浮かんだ。

新富が開店のときに近所に配った菓子である。昆布問屋の冨八で、番頭からもらった加賀の菓子でもあった。

黒糖は琉球や奄美でとれるもので、薩摩が抜け荷を行って、財をためているという馬琴の言葉もよみがえる。

後ろに立っていた男がちっと舌打ちする。

「何をぺらぺら、くだらねえことをくっちゃべりやがって。んなこと聞いてんじゃねえ」

怒鳴《どな》った男を目で制して、新富の主は吉を見た。

「おめえは若駒に菓子のことを聞いてたな。読売には菓子の読み物を書いているとか。浅草の店案内も作っているといっていただろ」

吉は膝を進めて、手をついた。

「はい。もともと菓子屋の女中をしておりまして、風香堂に入りましてからはもっぱら菓子の読み物を書いてまいりました。……これまでに市川團十郎さんや尾上菊五郎さんをはじめ、若駒さん、寿太郎さんなど、お話をうかがわせていただきました。……そしておっしゃる通り、ここ数日は浅草の買い物案内を書くために、浅草の町を歩かせていただいております。そのおり、新富さんのお近くの手拭い屋さんで、藪橋のそばのことを知り、せっかくなので都鳥見物もかねて本日、このあたりを歩いていた次第です」

新富の主の目がまた底光りをしたような気がして、吉はあわてて話を続けた。

「藪橋のそばまんじゅうですが、黒糖の配分がほどよくて。何度も申し上げるようですが、絶品でございます。そばまんじゅうといえば、以前は甘味がほとんどないものも多かったのですが、このごろは、そばまんじゅうといっても甘味がなくては人気は出ません。……風味、甘味、材料の良し悪《あ》し、すべてがそろっておりませんと、店の名物としてはとてもとても。……黒糖が手に入りやすくなって、菓子というものが変わったんだろうと思っております。……ご存知でしょうか。黒糖というものは南国でとれるサトウキビというものの絞《しぼ》り汁を煮詰めて作るものだそうです。サトウキビというものはただそれだけでも、甘いものだそうで。一度、ぜひかじってみたいと思っております。……なんでも、サトウキビは薩摩……それも琉球、奄美という島でできるものだそうでして。その島の人たちはどんなお菓子を食べているのか。江戸から遠い南国ですから、カステイラのようなものでございましょうか。卵ぼうろみたいなものでしょうか……」

薩摩、琉球、奄美と吉がいったとき、新富の主のこめかみがぴくりと動いたような気がした。カステイラのくだりでまたぴくりと動く。

カステイラは若駒の好物で、南蛮渡りの菓子の代表でもある。

「黒糖のことをよく知っているようだな」

「商売柄、多少は。……門前の小僧のようなものでございます……」

「若駒のぎやまんのことはどこで知った？」

吉の目が丸くなった。

ぎやまん？　ぎやまんの器……。

あのかわいらしい子どもの絵が浮き彫りになった、蕎麦ぼうろが入れられていた薄桃色の美しい器だ。

店に、あれと同じ色合いのぎやまんがあったのに、この男はそんなものはないとはねつけた。

ぎやまんの話をするのは危険だった。

「……聞き取りに行ったときに、若駒さんがその中から蕎麦ぼうろを出してくださいまして、そのときにほんのちらっと」

「……若駒がおまえに見せたんだったな」

今度、舌打ちしたのは新富の主だった。片方の頰が吊り上がっている。

吉はまた口を開く。

「はい、蕎麦ぼうろを食べたのはあのときがはじめてでございました。なんでも京から届いた蕎麦ぼうろだそうで、本場のものです。……ご存知でしょうか。蕎麦ぼうろは、南蛮から渡ってきたぼうろに工夫を重ねたお菓子です。太閤《たいこう》さまが大茶会を催したときに……」

「菓子の話はもういい！」

うんざりした顔で、新富の主がぴしゃりと吉を遮った。

「風香堂のもうひとりの女、薬種屋を歩いているのがいるだろ」

不意に絹のことを切り出され、吉はびっくりして新富の主の顔を見上げた。

まさか、絹のことがここで出てくるとは思ってもみなかった。

瞬間、吉は絹の一件を思い出した。

路地で襲われ、奥にとめられた駕籠《かご》に乗せられそうになっていたあの日のことだ。吉と真二郎が止めに入らなければ、絹はかどわかされていただろう。

その後、絹は男たちに待ち伏せされ、斬りつけられそうになった。

吉の心の臓が早鐘《はやがね》のように鳴りはじめた。新富の主がそれに関係しているのだろうか。いや、まさか、そんなこと、あるはずがない。でも、ほんとうに関係ないと言い切れるのか？

落ち着け、自分。

吉は胸に手をあてて、必死に言い聞かせる。

絹は朝鮮人参が多く出回っていて値崩れを起こしていることをひとりで調べていた矢先に、あんな目にあった。

光太郎たちは絹に朝鮮人参の件からは手を引くよう強くいった。

大量の朝鮮人参が、抜け荷によるものだとしたら、真相に近づこうとしている者など邪魔以外の何物でもない。抜け荷という天下の御法度《ごはっと》に手を染めている輩《やから》は、自分たちを守るためなら何でもやる。人を殺すことだってためらいはしないから、と。

真二郎が用心棒をかねて、絹と組むようになったのもそのためだった。

もしかしたら、朝鮮人参の件に、新富はかかわっているのかもしれない。

その可能性がちょっとでもある以上、絶対に朝鮮人参のことも口にしてはならないと吉は思った。

「お絹さんは、薬番付を作っております。絵入りの番付を売り出す予定でございまして、今、番付作りは、佳境《かきょう》に入っているところのようです」

「おめえも薬の聞き取りをしているのか」

「私はもっぱら菓子のことばかりで……浅草の買い物案内でも、食べ物と小間物、呉服、袋物、土産の品などの店の話を集めております」

新富の主は、吉の横で首をすくめているすみを見た。

「その娘は？」

「絵師でございます。一緒に聞き取りに行き、私は文を、こちらは絵を仕上げます」

「名は？」

新富の主が顎《あご》をしゃくった。すみは固まってしまったように動かない。

「名前を聞いてんだ」

男の一人がすみの背中をどんとつく。

その瞬間、すみがぎゃ～～っと大声を上げ、立ち上がり、逃げようとした。すかさず、男たちがうりゃあと声を張り上げ、そのまわりを取り囲んだ。

「乱暴しないで。名前はおすみさん。まだ絵師の見習いなんです！」

吉の悲鳴のような声が、鱗雲が浮かぶ空に響き渡る。

そのとたんに吉は男に乱暴に突き倒された。

「うっせぇ。大声を出しやがって」

顔を上げた吉の目に、男に後ろ襟《えり》をつかまれているすみが目に入った。

「なんであたしがこんな目に……あたし、なんにもしてないのに。お吉さんからいわれてついてきただけなのに……」

ぼたぽたと頬からこぼれたすみの涙が地面に染みをつくる。

「こっちの娘に話を聞いたほうがよさそうだな」

新富の主はそういうと、すみに向き直った。

本当のことをいえ、とこづかれたとたん、聞かれるまま、すみはつるつるとしゃべり始めた。

新富から若駒の女中が出てくるのを目撃し、吉とすみが後を尾けたこと。

そして冨八から出てきた新富の主と女中を追って、ここまで来たこと。

若駒の行方はわからないこと……。

普段は嘘八百《うそはっぴゃく》を並べ立てるくせに、なんでそこまで馬鹿正直に、こんな奴らに話してしまうのだと吉はただ茫然《ぼうぜん》としてその様子を見ていた。

若駒のぎやまんについて聞かれると、すみは、首を横に振った。

「ぎやまんの器？　蕎麦ぼうろを入れていた？　知りません。そんなもの。若駒さんちになんか、行ったことないもの……その器がどうしたっていうんですか。なんなんですか、ぎやまんの器って」

また余計なことを口にして……と吉が胸を押さえた瞬間、すみがぎゃ〜っと叫んだ。男に襟首をつかまれている。

「痛いっ、乱暴しないでっ。そっちが聞いたから答えただけじゃない。嘘なんていってないわよ」

ぎゃんぎゃん泣きわめくすみを、新富の主はあきれたように見て、顎をしゃくった。男がすみから手を離す。

新富の主は吉に向き直った。

「おまえが若駒を、隠しているんじゃねえのか」

吉は首を横に振った。

「若駒さんのことは知りません。本当です。若駒さんがどこに行ってしまったのかわからないから、無事かどうか、それを知りたいから、わずかな糸を手繰《たぐ》るような思いで、ここまで来たんです」

「こっちの娘と違って、おめえはすっとぼけだ。まんじゅうの話を長々とくっちゃべりやがって。そばとまんじゅうを食いにここまで来たって、笑わせんじゃねえよ」

吉は唇をかんだ。

「住まいはどこだ」

「………」

「どこに住んでんだって聞いてんだ」

新富の主の意図がわからない。黙り込んだ吉を男が後ろからどんとこづく。体勢が崩れて、吉は地面に両手をついた。

「おめえが若駒を隠しているんじゃねえのか」

「おすみさんもいっていたじゃないですか。ほんとにあたしも若駒さんがどこにいるか知らないんです」

吉は首を横に振った。

「敵をあざむくにはまず味方からってな」

そのとき吉ははっとした。

吉の長屋を探しても、若駒はいない。だが、男たちが吉の長屋の家探しでもすれば、誰かが異変に気付いてくれるかもしれない。

長屋の住人の咲や里を巻き込むことになるかもしれないが、やってみる価値はある。

「白状しなければ、この娘の顔に傷がつくことになっちまうぜ」

新富の主がそういうと、男の一人が匕首《あいくち》を抜いて、すみを見た。すみの目が吊り上がる。

「なんであたし？　ちゃんとしゃべったじゃないですか。それなのに。ひどい！　いや～～～っ。お吉さん、助けて。あたしがキズモノになったら、お吉さんのせいですよ。一生、恨んでやる！」

「……いいます。いいますから、おすみさんから手を離してっ」

吉は目をふせた。

「坂本町《さかもとちょう》の長屋です。手前から二番目の……」

「行け。駕籠に押し込めて、連れて戻ってこい」

新富の主が命じた。男たちが三人、出口に向かい、駆け出していく。

その直後だった。

板塀の外から今、出ていったばかりの男たちのいらだった声が聞こえた。

「何してやがんだ。こんなところで」

「じゃまだ。その大八車をどけろ」

吉は顔を上げた。板塀の外に誰かいる。

自分たちが助けを求めていることをどうにかして知らせたい。思わず、吉は腰を浮かした。

男たちもそれを察して、吉とすみの後ろに回り、手で口をふさいだ。

すぐに男たちの足音が遠ざかっていく。

しばらくして吉の口をふさいでいた手が緩んだ。

がくっと吉の肩が下がった。一瞬でも助かるかもしれないと希望が浮かんだだけに、失望は大きかった。

それから新富のあるじは半刻《はんとき》（一時間）あまりも、吉に若駒とのことを詰問《きつもん》し続けた。何を尋ねても、吉からははかばかしい答えが返ってこない。次第に新富の主はいらだちをつのらせていった。

「おめえが流ちょうにしゃべれるのは、食いもんのことだけか」

「そうなんです！　お吉さんはそういう人なんです」

懲《こ》りもせず、口をはさんだすみを男がこづく。ぎゃあっと、またすみが声を上げた。

「もう聞くこともなさそうだ。みなが帰ってくるまで、おめえたちは蔵に入っていてもらおうか」

新富の主が鼻で笑いながら、蔵に目をやった。吉も振り返って蔵を見た。分厚い白壁、重そうな扉、大きく頑丈《がんじょう》な門……あんな蔵の中に閉じ込められたら、とても逃げられない。

いったい、新富の主はなぜこんなにも躍起《やっき》になって若駒を探しているのだろう。吉とすみを捕らえるなんて、危ないまねをためらいもなくやってのけたのは、なぜだろう。

もしかしたら、若駒の家に入った賊《ぞく》も、火事も、新富の手によるものなのではないか。盗みに入られたのは、若駒がちょうど新富の店に、冨八の旦那と来ていたときだった。

新富の主と冨八の主が示し合わせていたということは考えられないだろうか。

昆布、ぎやまん、朝鮮人参……。

……まさか、この男が抜け荷の本家本元？

吉はぽかっと開いた口を手で押さえた。

抜け荷に手を染めているものは、人を殺《あや》めることなどなんとも思わないと、馬琴はいっていた。とすると、吉とすみはここで、殺されてしまうのだろうか。

「立て。……早く立ちやがれ」

ぐずぐずしている吉に焦《じ》れたように、男はまたこづいた。

捕らえられてからどのくらい時がたっただろう。実際には一刻（二時間）ほどだろうが、藪橋でそばを食べたことがずっと前のことのように思える。ずっと地面に座りっぱなしだったため、足もすっかりしびれている。

吉を乱暴に立ち上がらせたのは顎の細い痩《や》せた男だった。顔のそこかしこに疱《ほう》瘡《そう》の跡があり、袖をまくった左腕には下手な龍の入れ墨《ずみ》が見える。

一方、ぼろぼろ涙をこぼしているすみの腕をつかんでいたのは、がっちりとした背の高い男だった。赤みを帯びた薄い唇が酷薄《こくはく》そうだった。

そしてもう一人、新富の主のそばに立つ男は、三人の中ではもっとも年上で、三十がらみに見える。中肉中背で、こちらも贅肉《ぜいにく》がどこにもついていない。先ほど飛び出していった男たちもこの三人もみな赤銅色《しやくどういろ》に日焼けしていた。

もうだめかもしれない。

この空を眺めるのは今生《こんじよう》でこれが最後かもしれない。

男に引きずられるようにして蔵に向かいながら、それでも吉の頭はくるくる回転することをやめなかった。

男が吉の腕から手を離し、蔵の鍵をはずし、両扉に渡されている閂に手をかける。未練がましいと思いつつも、吉はずるずると後ずさりした。

「逃げられるとでも思ってんのか。往生際《おうじょうぎわ》の悪い女だぜ」

振り向いた男がにやりと笑って、吉の腕をつかもうと手を伸ばした。

その手を避けようとして、吉が倒れかけた瞬間、出入り口からドンと何かが激しく当たる音と、メリメリと板塀が割れるような音が聞こえた。

「何事！」

新富の主が立ち上がる。蔵の前にいた男も、すみと吉を突き飛ばし、音がしたほうに走る。

ドン、メリメリ……。

吉の目が大きく、見開かれた。

いきなり、ガラガラという音とともに大八車が後ろ向きに庭に乱入した。

「どりゃあ〜〜〜〜っ」

顔を真っ赤にして、丸っこい体の誰かが大八車を押しながら走ってくるのが見える。

頭に手拭いを喧嘩《けんか》かぶりにし、胸にはサラシを巻き、長股引《ももひき》に出羽屋の半纏《はんてん》……力自慢のたつだった。

匕首を振り上げ迫ってくる男ふたりに、たつはお多福《たふく》顔を真っ赤にして向かっていく。大八車を振り回し、あっという間に男たちを吹っ飛ばした。

ひとりは大八車の角で腹をどつかれ、庭石に右肩から激突《げきとつ》した。骨が折れたのか、手に持っていた匕首をぽろりと落とし、顔をゆがめている。

もうひとりは大八車と松の木にはさまれ、口から泡を噴いていた。

吉は体を起こすと、啞然《あぜん》として突っ立っているすみの手をとり、たつのほうに走った。

「くそったれ」

ふたりを逃がすまじと、新富の主のそばにいた男が縁側から飛び降りた。

その肩を赤ん坊の頭ほどの大きさの石が直撃した。

肩に石をめりこませた男は信じられないという顔でたつを見たかと思うと、後ろ向きにぶったおれた。

一方、先ほど大八車に倒された男は鬼気《きき》迫る表情で立ち上がると、吉たちを逃がすまじと、迫ってくる。

男の荒い息遣いを後ろに感じたとき、吉はすみを両手で先に押し出した。

「先に逃げて」

「逃がすか、このあま」

吉の袖を男がつかんだ。吉の足がもつれ、前につんのめる。

「お吉さん、よけて！」

たつの叫び声が聞こえた。とっさに吉は横に転がった。

次の瞬間後ろの男のどてっぱらに、たつが投げたこぶしほどの石がうなりをあげてぶつかった。白目をむいて倒れる男を、吉ははじめて見た。

たつは大八車を片方の手でおさえ、もう一方の手で庭石を握り、ぶん投げ続けている。

「おたつさん！」

走ってきたすみを後ろにかばい、駆け寄った吉の腕を引き寄せ、たつは大八車の前でふんばった。

壊れた板塀の向こうから大勢の足音が聞こえたのはその直後のことだった。

「神妙《しんみよう》にしろ！」

朱房《しゆぶさ》の十手《じつて》を手にした上田の大音声《だいおんじよう》が響き渡る。御用聞きたちが呼子笛《よぶこぶえ》を鳴らしながらばらばらと庭に入ってきた。

「……なんだ、こりゃぁ」

小平次の口から素っ頓狂《すとんきよう》な声がもれ出た。

庭の一部は大八車で踏みつぶされ、めちゃくちゃになっていた。

中央にひとり、松の木の根元にひとり、縁側の近くにひとり、男たちが倒れ、うめき声を上げている。

「あ、新富の主がいない……」

吉が叫んだ。

先ほどまで縁側に置かれた座布団に座っていた新富の主の姿がなかった。あわてて逃げたらしく、座布団は庭に吹っ飛ばされている。

小平次が吹く呼子笛の音が再び響き渡った。御用聞きのある者は倒れていた男たちを縛り上げ、ある者は庭を抜け、屋敷に入っていく。

吉とすみ、そしてたつに一礼すると、上田も縁側に駆け上がり、屋敷の中に消えた。

「おたつさん……」

吉はたつの首に手を回して、すがりついた。涙があふれた。

「おかげで……九死に一生を……」

たつは、米の配達の帰りに、通りで吉の姿を見たという。

「ふたりが路地に入っていったと思ったら、お吉さんの悲鳴が聞こえて……あわてて追いかけたんだけど、もう路地にはいなくて。これはただ事じゃねえと……」

たつは、藪橋まで駆けていき、訳を話し、近くの自身番と万町の風香堂、浅草の米問屋・出羽屋に知らせてほしいと頼んだ。

小僧が万町に、そば屋の主が出羽屋に、おかみが自身番に走っていくのを確認し、たつは取って返したが、様子をうかがっていたところ、血相《けっそう》を変えて出てきた男三人と鉢合わせになった。なんとかやり過ごし、男たちが道の彼方《かなた》に姿を消した後、たつは再び板塀にはりついたという。

「相手が何人いるかもわからねえ。せめて御用聞きが来るまでと思っていたんだけど、もう、たたねえかもしれねえ。あたいがひとりで踏み込んでも何の役にも立たねえかもしれねえ。助けが来るのを待ってなどいらんねえと……」

大八車で扉を壊し、助けに入ったといった。

話し終えたたつの体がかたかたと震えだした。

「くわばらくわばら。みんな、助かったからいいようなもんだけど、いってえ、やつらはなんだったんだい。狂犬のような顔で匕首を振り回して……今頃になって、恐ろしくてたまんなくなっちまった」

たつは自分を抱きしめるように、両手を体に回した。先ほどまでの険《けわ》しさは消え、童女のような表情になっている。

「さ、こんな物騒《ぶっそう》なところからはさっさと離れよう」

三人が踵《きびす》を返そうとしたとき、吉は女の声を耳にしたような気がした。立ち止まり、耳を澄ますと、今度は、たすけて、とかすかに聞こえた。

吉は白壁の蔵を見た。

「蔵の中に誰かいるのかも……」

すみが口をとがらせる。

「もういいじゃないですか。あとはおかみにまかせて、こんなところからはさっさと……」

「そういうわけにはいかないわ」

いうより早く、吉は駆け出していた。たつが続く。すみは、どんと一回、地団《じだん》駄《だ》を踏み、「なんで置いていくのよ。もぅおっ、ひとりにしないでっ」といって、やっぱりふたりを追いかけてきた。

さっき男がカギをはずした蔵の閂を横にひくと、ぎぃーっと扉が開いた。

真っ暗な蔵の中に光が差し込んでいく。

目をこらして吉は中を見た。菰《こも》で覆った荷物の奥に、何対もの目が光っている。女たちがひとかたまりになって座り、こちらを見つめていた。

「助けてっていったのは……」

女たちがこくりとうなずいた。吉はひざまずいた。

「もう男たちはいないわ」

「……本当に？」

「本当よ。さあ、立って。ここから出ていきましょ」

すすり泣きが女たちの中に広がった。

女たちの年齢はまちまちに見えた。十五、六歳の娘もいれば、二十歳《はたち》前後の娘も、二十五歳の吉より上に見える女もいた。

いったい、なんのために女たちがここに閉じ込められていたのか、見当《けんとう》がつかない。しかし、自分たちから入ったのではないことだけは明らかだ。

最後に出てきた女を見て、吉はあっと声をのんだ。

若駒の女中だった。髷《まげ》がくずれ、唇が切れている。

「………」

逃げようとしてつまずいた若駒の女中の体を吉は抱き起こした。

「自業自得《じごうじとく》だといいたいんだろ。くそ……」

いまいましそうに舌打ちして、若駒の女中は吉の手をはねのける。吉はその腕をもう一度握った。

「ここを離れましょう。早く」

吉とたつは女たちの体を抱えるようにして、庭を横切った。若駒の女中もおとなしくついてくる。すみも女に肩を貸していた。

庭の途中まで来たとき、破れた出入り口の先に真二郎と光太郎の姿が見えた。

「お吉、無事だったか……よかった……。おすみも」

「いってえ、何があったんだ、お吉」

ふたりは吉たちに駆け寄り、口々にいった。

吉の胸にようやく安堵《あんど》の思いが広がった。

大丈夫だ。そう思ったとたん、体から力が抜けていく。吉は女たちを真二郎のほうに押しやると、しゃがみこんだ。もう立っていられなかった。

「お吉、気が付いたか」

目を開けると、真二郎の顔が飛び込んできた。吉が寝かされていたのは、藪橋の小上がりだった。

「目の前でぐずぐずと倒れて……肝《きも》を冷やしたぜ」

真二郎に微笑《ほほえ》みかけられ、吉はあわてて体を起こそうとした。

「あ、無理するな。医者は血の気が引いただけだといっていたが、女の身で賊と渡り合ったんだ。少し休んだほうがいい」

賊と渡り合ったといわれたとたん、またふらっときたが、吉は身を起こした。

「……おたつさんとおすみさんは？」

「自身番だ。おたつが男たちをやっつけたということはわかったが、おすみの話はとっちらかっていて、埒《らち》が明かねえ」

「蔵にいた女の人たちは？ 若駒さんの女中は？ 新富の主は？」

矢継ぎ早に吉は聞いた。新富の主は舟で逃げようとしたところを捕らえられたという。

だが新富の主も、若駒の女中も、だんまりを決め込んでいるらしい。

一方、蔵の女たちはみな、買い物や習い事などちょっとした用事で外へ出たときに、男たちに腕をつかまれ、みぞおちをつかれ、路地にとめられていた駕籠に乗せられ、気が付くとあの場所に閉じこめられていたという。

いちばん長くいる娘は一昨日《おととい》から、今日連れて来られた娘もいた。

それぞれの親元に連絡すると、親や兄弟があわてて駆けつけた。かどわかされたのではないかと、どの親も憔悴《しょうすい》した顔をしていた。そして異口同音《いくどうおん》に、かどわかされる理由がわからないと口をそろえたという。

路地にとめられた駕籠と聞いて、吉は絹の一件を思い出した。あのとき、真二郎と吉が助けに入らなければ、絹は駕籠に乗せられていただろう。同じやり方だからといって、同じ輩の仕業《しわざ》と考えるのは早計過ぎるだろうか。

その思いが伝わったように、真二郎は吉の目を見てうなずいた。

「長生殿という落雁……」

吉がつぶやく。

真二郎が一瞬怪訝《けげん》な顔になり、あきれた表情に変わる。

「……落雁を食べたいというんじゃねえだろうな。食い意地も時と場合を……」

「違います。……新富と冨八はその落雁でもつながっているんです」

若駒の家に入った盗賊も、火事も、新富と冨八の仕業だという推理を吉は真二郎に打ち明けた。若駒がちょうど新富の店に冨八の旦那と来ていた時刻、女中が不在のときに家のものが盗まれ、冨八の主が浦賀に出かけた夜に火事が起きた。

「女中は新富とも冨八とも面識があり、若駒さんの見張りも兼ねていたんじゃないかと」

「なんで、若駒を見張る？」

「若駒さんが大事にしていたぎやまんがあったんです。よくわからないんですけど、もしかしたらそれが抜け荷のぎやまんなのかも。……長生殿は北前船の本拠地・加賀の名物で、冨八の本店も加賀。そして……薬売りも富山……」

「朝鮮人参も新富と冨八が⁉」

目をむいた真二郎に吉がうなずく。真二郎は口を一文字に引き締め、やがてはずしていた刀に手をかけた。

「自身番まで歩けるか」

「はい！」

草履をはいている吉に、藪橋の主が包みを持ってきた。

「これをお持ちなせえ。あんなにうまそうにそばまんじゅうを食べる人は見たことがないって、小僧がいってやした。大立ち回りをしたあんたに、もう一度食べてもらいてえ」

ふかしたてのそばまんじゅうが入っているのだろう。胸に押しつけられた包みはほかほかと温かい。

あわててがま口を取り出そうとした吉を主が押しとどめる。

「こいつぁ、おいらの気持ちでさぁ。おさむれぇさんもどうぞ食べておくんなさい。こんなおっきい娘さんを横抱きにしてここまで歩いてきて……お疲れでござんしょう」

横抱き？　おっきい娘さん？

真二郎がぽりぽりと小鬢《こびん》をかいた。

頬を赤く染めた吉の肩を真二郎がぱんとはる。

「さあ、行くぞ」

ふたりは藪橋の主たちに礼をいうと、外に出た。

西の空に赤みがわずかに残っているばかりで、あたりには宵闇《よいやみ》が広がりつつある。ほ～ほ～とフクロウの鳴き声が林のほうから聞こえた。

人気《ひとけ》も少なくなった通りを、吉と真二郎は急いだ。

「お吉さん、よかった。あんたの顔を見るまで、あたし、帰れなくて」

吉が自身番に顔を出すと、たつが腰を浮かし、駆け寄ってきた。

「おたつさん……なんてお礼をいったらいいのか……今、わたしがこうしていられるのも、おたつさんのおかげです」

たつは吉の後ろに立っている真二郎の顔をちらりと見て、ふっと笑う。

「じゃ、あたしはこれで。……安心して店に戻れるよ」

「あたしが来るのを待っててくれたんですか」

たつがうなずいた。改めて吉が深々と頭を下げると、たつの後ろに立っていた男もたつと一緒に頭を下げた。

「あれ……」

男に見覚えがある。筋肉隆々《りゅうりゅう》の体、引き締まった顔つき、がっしりとした顎……。

「もしかして……平河天満宮の力石《ちからいし》で、一等になった浜仲仕《はまなかし》の……七之助さん?」

たつが力石で三等になったときに、優勝した男だ。聞き取りを終えたたつに、七之助が舟で送っていくと声をかけていたことも思い出した。

たつがほんのり上気した顔でうなずく。

七之助は出羽屋の船の荷運びもしていて、出羽屋からたつが事件に巻き込まれたと聞かされ、大急ぎで駆けつけたという。

大八車を鬼神のように振り回し、男たちをやっつけたことなどなかったように、しおらしい顔をして、たつは七之助に寄り添って帰っていく。

「後日、改めてお礼に伺います、おたつさん」

吉がその後ろ姿にもう一度声をかけると、たつは振り返ってはにかんだような笑みを浮かべた。

「おかみからもご褒美が出るかもって……ね」

七之助をたつは上目遣いに見た。七之助がたつの丸い肩を抱く。

「おめえが無事でいてくれたのが何よりの褒美だが……くれるっちゅうもんはありがたくもらわねえとな」

七之助とたつは顔を見合わせ、吉に手を振った。

その五　カステイラのきれはし

――ひとつ習い事をしていいといわれたら、何を始める？

はい、そこの娘さん！　三味線《しゃみせん》と踊りの稽古《けいこ》？　ひとつっていってるのに。欲張りだね、まったく。

じゃ、ご隠居《いんきょ》は？　ん？　色っぽい年増《としま》に、端唄《はうた》を習いたいって？　いつまでもお元気で結構ですな。

そこの坊主、じゃねえや、お武家さんは？　謡《うたい》？　やはり格式がお高い！

この中に、学問してえって、奇特《きとく》な人はいませんか？

……まったく手が挙がんないねぇ。

寺子屋《てらこや》で十分だ？　もう読み書きそろばんできるって？

しかし、世の中にはおもしろえ学問もあるんだぜ。

神社仏閣に奉納されている算額《さんがく》のこと、知っているかい？

ひぃ、ふぅ、みぃ……おや、結構いますね。さすが花のお江戸の日本橋界隈《かいわい》。

じゃ、その算額を解《と》いたことがある人は？

あれま、今度も誰の手も挙がんない。

算額ってものがそもそもわかんねえ人もいそうなので、簡単に説明しようかね。

平たくいえば、算法《さんぽう》で解く問題や解き方を描いた絵馬や額のことだ。

難しい問題を解ければ、嬉しいだろ。そこで、これほど難しい問題を解けたことを神様に感謝して、ますます勉学に励みますという祈りをこめて、問題と解き方を書いた算額を神社仏閣におさめるってわけ。乙粋《おついき》じゃねえか。

とはいえ、んな難しい問題は誰にでも解けるもんじゃねえ。

けど、やれねえこともねえ。

というわけで、本日の読売に、ちょっと考えれば何とか解ける算額を四問、紹介してる。読売《よみうり》の値段は四文。一問一文だ。わかりやすいっちゃあ、これほどわかりやすい値段もねえもんだね。

ご隠居、秋の夜長《よなが》にひとつ、解いてみねえか。

娘さん、愛しいあの人に、ねぇ、これ解ける？　帯じゃなくて。っていってみねえか。

ぼけ防止、頭の体操、退屈しのぎにどうだい。

解答は三日後。正解者には無料で配ること請け合《う》うよ。わかんなかった人には、申し訳ないが、二文でお分けします。さぁ、どうだいどうだい——

——てぇへんだ、てぇへんだ。

秋も深いってのに、このお江戸のど真ん中に妖怪が出て、今、大騒ぎになってる。

どこに出たかって？

どこのなにがしんちと、言えるもんなら口にしたい。

けど、それができない。読売だからね。

とりえず、口をはばかるような場所とだけいっておく。

その妖怪を見たのは、奥の御火《おひ》の番をしていた女中だ。

「火の用心、さっしゃりましょう」といいながら朝昼晩、見回り、警備をするその女中。といったら、だいたい、どこで働いているか、わかるよな。

奥の御火の番の女中は仕事柄、武芸に長《た》けている者が多いことでも知られている。

その女中がだ、夜、手燭《てしょく》を持って、「火の用心」といいながら歩いていたら……。

さ、あとは読売を読んどくれ。

読売には妖怪よけのお札になる絵もついている。

髷切《まげき》り妖怪を封じる、カミキリムシだ。

あ、いっちゃった。ま、いいか。

後ろから近づいて、髷にがぶりとかみつかれたらたまんねえ。

妖怪封じのためにも、一部、買ってくれ。一部たったの四文！

はい、毎度――

吉は風香堂の二階から、読売売りに群がる人々の姿を見つめた。どちらも一階の清一郎たちが作った読売だ。

吉とすみは浅草の買い物案内に、絹と真二郎は薬番付の仕上げにかかっている。

新富の主《あるじ》が捕らえられてから二日が過ぎた。

新富の主は今も口を割らない。けれど、若駒の女中が少しずつ白状し、事情がわかってきた。

まず新富の主の名は世之介《よのすけ》。

冨八の江戸出店の主の名は孝三郎《こうざぶろう》。

孝三郎は先代冨八の後妻の息子で、世之介は妾《めかけ》の子。母親の違う兄弟だという。

このふたりが手を組み、ともに抜け荷に手を染めていたのだ。

出店とはいえ、昆布問屋の主がなぜ抜け荷なんかにと上田が問うと、女中はふんと鼻を鳴らして、こういったという。

「加賀の本店は長兄が、大坂の出店は次兄が仕切っているんですけど出店にもいろいろあるんですよ。大坂の出店に比べれば、江戸の冨八の出店の扱いは半分以下。大坂は昆布でだしをとるのに、江戸は鰹節《かつおぶし》でだしをとるじゃないですか。魚をしめるときにも、大坂じゃ昆布を使うって。江戸でそんなことする女はめったにいませんよ。……孝三郎さんは後妻の子ということで、ずいぶん邪険《じゃけん》にされたとも聞きました。だから、孝三郎さんは腹にいっぱい不満を抱えていたんです。いつか何とかして長兄次兄を見返してやろうと」

女中の名はみつ。

小料理屋で運びの仕事をしていた三年前、新富をはじめた世之介と知り合い、男と女の仲になった。

世之介も、妾の子とはいえ、昆布問屋の主の血を引いているのに、父親の死後はいっこうに自分のことを顧《かえり》みない長兄次兄に憤《いきどお》りをつのらせていたという。

今に見ていろと怒りに燃えたふたりが出会った席に、みつもいた。

「最初は、夢物語を語るように、抜け荷でもすればもうかるといっていたのが、半年もしないうちに実際に手を染める算段に変わって……」

はじめは骨董品だけだった新富の店には珍しいぎやまんがたくさん並ぶようになった。いつしか好事家《こうずか》が集まる店となり、世之介も変わった。着るものは上等な反物《たんもの》から仕立てたものになり、若い女に熱を上げ、みつには見向きもしなくなった。

そしてある日、みつは世之介から珍しく呼び出されたかと思うと、冨八の孝三郎の女・若駒のところに女中としてあがってくれないかと金子《きんす》を十両積み、頼まれたという。

「ええ。あたしゃ、金に目がくらんだんですよ、いけませんか」

ただの女中仕事だけではなく、若駒が持っている特別なぎやまんの器を盗んでくるようにともいわれた。

「盗んできたら、また十両、渡すと。若駒にねだられて、店に出す前の品々を、孝三郎が見せちまったんだって。そこで若駒がよりによっていわくつきのぎやまんを気に入って、鼻の下を伸ばした孝三郎がこっそりくれてやってしまったんだと、新富の世之介はかんかんでしたよ」

だが、若駒はそのぎやまんの器を気に入っていて、家にいるときには飾り棚の扉の奥におき、出かけるときはどこかに隠してしまう。毎日通っているのに、そのぎやまんに触れることすらできない。

焦《じ》れた世之介と孝三郎はついに若駒の家に盗みを仕掛けた。しかし、賊も、ぎやまんの器を見つけることはできなかった。

それなら全部焼いてしまえばいいと家に火まで付けた。だが、火事場からも、ぎやまんの残骸すら見つからない。

「いわくつきの、いわくとはなんだ？」

「知りませんよ。聞いてません」

みつはぷいと横を向く。

盗みや火事といった汚れ仕事を実際にやったのは、橋場の屋敷で捕らえられた三人と、吉の長屋でお縄になった男たちだ。

蔵に閉じ込められていた女たちは、自分も含めておそらく異国船への手土産に売り飛ばすつもりだっただろうとも、みつは唇を震わせていった。

若駒の行方はまだわからない。

浦賀に行ったという孝三郎も捕まっていない。新富の店の出入り口には板が固く打ち付けられている。闕所《けっしょ》が決まったようなものだった。

昼前、真二郎が風香堂に駆《か》け込んできた。

「お吉、いるか。孝三郎が戻ってきた。お絹、やはり冨八の孝三郎が朝鮮人参を流していたらしい。おまえを襲ったのも孝三郎のさしがねだった。今、上田たちが冨八に踏み込んでいる」

吉と絹はあわてて風香堂を出て、冨八に向かった。

「あ、あたしも」

すみも遅れまいとついてくる。江戸橋を渡り、本町通りを右に曲がり、浅草御門を渡る。

花川戸町の冨八の前はやじ馬で大変な人だかりだった。

その中に、吉は娘義太夫の寿三郎の姿を見つけた。

興味津々で店を覗き込んでいる人たちの中で、寿太郎はひとり、きっと目をこらし、縄がかけられた孝三郎を見据えていた。

「御用聞きもだんまりを決め込みやがって、いってえ、冨八は何をしでかしたんだ?」

「わかんねえけど、さぞやあくどいことだろうなぁ」

「余計なことなんざやらねえでもこんだけの店を構えていたら、贅沢に暮らせんだろうに。見ろよ、着物と羽織、結城紬《ゆうきつむぎ》じゃねえのか」

「賭場《とば》通いでもしてたのかね、それとも吉原?」

「悪銭《あくせん》身につかずってな……貧乏人の遠吠えみてぇだがな」

人々がはやしたてるように大声で話している。

「寿太郎さん……」

声をかけると、寿太郎ははっとして振り向いた。

「お吉さん……」

「若駒さんの旦那が……とんだことに……その若駒さんの行方もまだわからなくて。元気でいてくれたらいいんですけど」

寿太郎はそれには答えず「それじゃお先に」とそっけなくいって人込みの中に紛れていった。

主の孝三郎はじめ、店の主なものが自身番に連れられていくのを見送ると、やじ馬は一人減り二人減り、あっという間にいなくなった。

店から出てきた小平次が真二郎を見つけ、軽く頭を下げた。

「孝三郎は浦賀で何をしてたんだ？」

真二郎は小平次に近づくと耳元でささやいた。

「そいつぁ、ちょっと……」

「……こっちも吉が襲われ、絹も危ない目にあってる。乗り掛かった船、事情は知っておきてえんだ」

しぶしぶ小平次は口を開いた。

「浦賀じゃなかったんですよ。奴が出かけたのは下田《しもだ》でして。てっきり浦賀だとにらんでいたもんで時間がかかっちまった……」

浦賀に舟改めの奉行所を作る前は、下田がその役を担《にな》っていた。浦賀奉行所ができてからは下田から役人の姿は消え、風待ちをする船が集まる港になっている。

「なんで下田に？」

「詳細はわかりやせんけど、下田は浦賀のように取り締まりが厳しくねえから……そこから孝三郎は漁師船に乗って、沖に止まっていた弁財船《べざいぶね》に乗り込み、抜け荷を運び出してたようなんです。上田さんは、下関あたりで、積んだ抜け荷じゃねえかって。その船主をとっ捕まえて、やっと抜け荷の証拠があがったんでさあ。ところで真二郎さん。下関ってどこにあるんですかい？」

九州の真向《まむ》かいにある町だと真二郎がいうと、小平次は首をひねって考え込んだ。

「ってことは、九州から運んできた抜け荷ってことですか？　ここだけの話ですが、耶蘇教《やそきょう》の神様が描かれたものまであるとかで。……んなもんを持っているところをとっ捕まったら、問答無用で獄門だ。……ふてぶてしい奴らでさぁ」

小平次は声を潜めてそういうと、頭を下げた。

吉は立ちすくんだ。いわくつきのいわくとは、耶蘇教の神様だった。

蕎麦ぼうろが入っていた、若駒のぎやまんの器の蓋《ふた》に描かれていたのは、裸のぷくっとした子どもたちだ。

笛を吹いたり、小さな琴のようなものを持って、背中に小さな羽が見える子どもいた。そしてその中央に、布をかぶった、中高《なかだか》の顔をしたきれいな女の人が胸に赤ん坊を抱いて微笑んでいた。

あれが耶蘇教の神様なのだろうか。

観音様のような女の人だった。

よしんばそうであったとしても、若駒はそんなこと、知らないに違いなかった。

きれいな薄桃色の透明なぎやまん。

その中に大好きな蕎麦ぼうろを入れて、器を眺めては微笑んでいた若駒は、今、いったい、どこにいるのだろう。

今も若駒はあのぎやまんの器を、肌身離さず抱えているのだろうか。

不意に寿太郎の顔が吉の脳裏《のうり》に浮かんだ。

寿太郎は人のことなど、気にしない女のように思える。その寿太郎がなぜ、物見高い人に交《ま》じって、お縄になった冨八の孝三郎を見に来ていたのだろう。

同じ読売に載るのを嫌がったほど、寿太郎は若駒を嫌っていた。

競争相手の若駒の旦那である孝三郎のみっともない姿を見て、溜飲《りゆういん》を下げようとしたのか。

いや、あのときの寿太郎の様子はそのようなものではなかった。

冨八を取り巻いている人々の多くは、驚きざわめきおもしろがっていた。金持ちが罪人に突き落とされたと、あざ笑う人もいた。

寿太郎はただただ見つめていた。じっと冷静に。

寿太郎には、孝三郎が捕まるところを見に来なければならない理由が何かあったのではないか。

「お吉、どこに行くんだ?」

真二郎の声が後ろから聞こえた。

「材木町まで。ちょっと気になることがあって」

「お吉さん、あたし、帰りますよ。風香堂に」

すみが不満げな声でいう。吉は振り返らない。

「そうしてください」

気が付くと吉は駆け出していた。

材木町は、冨八のある花川戸町の目と鼻の先にある町だった。

通りに面した半襟《はんえり》屋の女に、娘義太夫の寿太郎の家がどこかと尋ねると、わざわざ店の外まで出てきて案内してくれた。

「その小間物屋の脇に路地があるだろ。人ひとり通れるかどうかっていう。その突き当たりさ」

吉は路地に体を滑り込ませた。

奥に、小間物屋の二階家に隠れるようにして建っている離れのような小さな家があった。家の裏は大川で、吾妻橋がすぐ近くに見える。

吉は油障子《あぶらしょうじ》の戸をとんとんとたたいた。

「寿太郎さん。吉です。開けてもらえませんか」

返事がない。なおも吉は戸をたたき続けた。

「お願いです。若駒さんのことで。若駒さんの命がかかってるかもしれないんです」

不意に戸が開き、寿太郎が吉の腕をつかんで中にぐいっと引き入れた。すかさず、寿太郎は戸を閉め、心張棒《しんばりぼう》をかった。

「若駒の命がかかっているって、どういうことでござんしょう」

吉を見た寿太郎の顔が青ざめている。

「……若駒さんが抜け荷の中でも、もっとも罪が重い、耶蘇教のものを持っているかもしれないって……」

「若駒が？」

「持っているだけで、死罪って……」

寿太郎がひっと声をのんだ。腰が抜けたように、とんと上がり框《かまち》に座り込んだ。だがすぐに顔を上げ、板の間に蹴《け》上がり、押入れの戸をばたんと開けた。

「若駒！　今の話、聞いただろ」

「……死罪って……あたしが⁉」

涙声が押入れの中から聞こえ、中腰で若駒がはい出てきた。目が三角になっている。

「寿太郎！　お吉さんに、あたしがここにいること、しゃべっちまったんですか」

「寿太郎さんから聞いたんじゃありません。寿太郎さん、富八の旦那がお縄になるところにいたから。もしかして、若駒さんに見てきてくれって頼まれたんじゃないかって。それに寿太郎さんのほかに若駒さんをかくまってくれる人が思い浮かばなくて……」

若駒は素直にうなずいた。

「富八の旦那が捕まったって、寿太郎から聞きました。新富の世之介もお縄になったって……耶蘇教って……じゃあ、あの人たち、抜け荷に手を染めていたんですね。なんてことだろう……何か人に言えないことをやってるような気はしてたんでござんすよ。もしかしたら、盗みも火事も、あのふたりが仕組んだことじゃないかって、あたし、きっと殺されるんじゃないかって……」

寿太郎の隣に座り、若駒はいった。

「かくまってくれと頼めるのは、この人しかいなかったんでござんす」

あの晩、若駒は着の身着のままで、寿太郎の家に駆けてきた。寿太郎は何もいわずに、若駒を家に入れた。ぽつりぽつりと若駒が話し出したことを寿太郎は黙って聞いた。

決して仲が良さそうではなかったふたりに、他の人にはうかがい知れぬ絆《きずな》のようなものがあったのだろうか。だが、それを聞くのは後でいいと、吉は小さく首を振った。

寿太郎が若駒の肩をぐいっとつかんだ。

「若駒、あんた、それを持っていたら死罪になるって、そんなもの、ほんとに持ってるんざんすか」

「若駒さん、ぎやまんの器を持っていたでしょ。蕎麦ぼうろを入れていた。あれは今、どこ?」

　吉も前のめりになって尋ねる。若駒はくっと唇をかみ、顔をふせた。

「なんであの器を……冨八の旦那も、女中のおみつも、新富の世之介も、お吉さんまで。……あの器はあたしのものざんす」

　きっぱりといって、若駒は横を向いた。

「若駒さん、あの器にはご禁制の耶蘇教の神様が描かれているんです。持っているだけで、死罪になる器です。一目見ただけで、抜け荷をしていたことがわかってしまう器です。だから、きっと冨八と新富の旦那たちは取り返そうと……」

「若駒！　その器、ここに出すざんす！」

　寿太郎がどんと床を足で踏みつけた。若駒がふてぶてしい顔で首をきっぱりと横に振る。

「隠していれば見つかりゃしやせん」

「同心や御用聞きたちは、若駒さんが持っていると知っています。踏み込まれたら、あっという間に探し出してしまいます。出してください。今、すぐ」

　吉は膝を進めた。

「いやざんす……あれがないとあたしは……」

寿太郎がいきなり若駒の頰をぱしんとはった。

「あんた、死にたいざんすか」

若駒は寿太郎にぶたれた頰をおさえ、天井を見上げ、それから目をつむった。唇が震えている。閉じた目から涙がまた一筋零《こぼ》れ落ちた。

「若駒！」

寿太郎の声に背中を押されたように、若駒は身をかがめると押入れの奥から小さな風呂敷包みを取り出した。

桃色のちりめんの風呂敷だった。二人の前におき、若駒は観念した表情で結び目をほどいた。

中から、ぎやまんのあの器が出てきた。蕎麦ぼうろが入ったままだ。

吉は両手をつき、器を覗き込んだ。

布をかぶった優しい女の人が真ん中で微笑んでいる。

「これが、耶蘇教の神様……」

「優しい顔ざんすねぇ」

吉と寿太郎は顔を見合わせ、つぶやいた。

「寿太郎さん、あたしが一年前舞台で『妹背山婦女庭訓《いもせやまおんなていきん》』の台詞《せりふ》をとばしたのを知ってるでしょ。それからあたし、怖くて舞台に上がれなくなった。半年も家に閉じこもっていた。そんなときに、このぎやまんに出会ったんでござんす。見ているだけで慰められて……このぎやまんがあったから、また舞台に立てた……だから誰に何をいわれても、これだけは手放すまいって……だってあたしには誰も頼れる人がいないんだから」

あふれる涙を指でぬぐいながら、若駒がしゃくり上げる。

吉は若駒の背中をゆっくりとなでた。

「頼れる人、いるじゃないですか。何もいわず、黙ってあなたをかくまってくれた寿太郎さんが……」

そういうなり、吉は蓋を手に持ち、立ち上がった。心張棒をはずし、外に出て裏に駆けていく。

「何するざんす」

追いかけてきた若駒の目の前で、吉はそこにあった石に蓋をたたきつけた。ぎやまんが割れ、粉々に飛び散る。

「寿太郎さん、箒《ほうき》と塵取《ちりと》り、貸してください」

吉は粉の一粒まで丁寧に塵取りにとると、大川の川っぺりまで行き、ざっと川の中に投げ入れた。

「若駒さん、堪忍《かんにん》して。死んだらおしまいだもの。若駒さんが死んだら、困るもの。寂しいもの。寿太郎さんもあたしも悔やんでも悔やみきれない……」

ぼろぼろ泣きながら吉はいった。

やがて、若駒を探して寿太郎の家に踏み込んできた上田たちは、きょとんとした顔になった。

若駒と寿太郎、そして吉がお茶を飲みながら蕎麦ぼうろを食べて、のんびりと談笑していた。

上田にいわれるまま、若駒は薄桃色のぎやまんの器を差し出した。蓋のない、何も描かれていないつるっとした器だった。

「冨八の江戸出店は闕所。孝三郎と世之介は死罪。女中のおみつは遠島《えんとう》。盗みと火事に遭《あ》い、怖くなって寿太郎のところに逃げ込んでいた若駒はおとがめなし……か。耶蘇教のなんやらがふんだらかんだらと、御用聞きがいっていたが、そいつぁ、見つからなかったってわけだな」

二日ぶりに金糸雀の世話を終え、お茶を淹《い》れた吉に、馬琴が皮肉な調子でいう。

「さて、そいつはどこにいったのか。ぎやまんだから、割れて粉になり、川の底で今頃、きらきら光ってたりしてな」

まるで見てきたかのようにいって、吉の顔を深々と覗《のぞ》き込んだ。

「さぁ。若駒さんも心当たりはないそうですよ」

吉が明後日《あさって》のほうを向く。馬琴は一瞬、真顔になった。

「おめえ、人が悪くなったんじゃねえのか」

「そんなぁ……」

「そんな、じゃねえだろ。白状しやがれ」

吉はふっと短く息をはく。馬琴の耳に手をあてて「……ご明察《めいさつ》です」とつぶやいた。

とたんに、馬琴はむっと眉根《まゆね》を寄せた。

「ああ、つまらねえ。おいらがえっと驚くようなことしてみやがれってんだ」

お吉の目がいたずらっぽく光る。

「若駒さんが寿太郎さんを頼ったのはどうしてだと思います？」

「おれをひっかけようってかい？　どういうつもりだ、まったく……寿太郎の芸に若駒が惚れていた？　おもしろくもなんともねえな」

　馬琴はぽりぽりと小鬢《こびん》をかいた。

「芸を認めていたっていうのはもちろんです。でもそれだけじゃなくて……ある とき、若駒さん、野良犬を取り囲み、棒でつっついていた子どもたちを大声で叱《しか》りつけた寿太郎さんを見たんですって」

　子どもたちは旗本の子息だったため、町の人たちもおいそれとは止めに入れず、手をこまねいていた。そこに通りかかったのが寿太郎だった。

　寿太郎は、手刀で子どもが握っていた棒をたたき落とし、「弱い者を束になっていじめるってのは、どういう了簡《りようけん》でござんすか。悪さはおよしなさいっ」と立て板に水のごとく鮮やかにまくしたてた。

　その勢いに圧《お》され、子どもたちはばつの悪い顔になり、蜘蛛《くも》の子を散らすように逃げていった。その一部始終《しじゆう》を、若駒は遠巻きで見ていた。

「そのとき、若駒さんと寿太郎さんの目が合い、若駒さんが声にせずにありがとうと口だけ動かし、寿太郎さんがうなずいたんだそうです。心が通じたような気がしたと、若駒さんはいっていました」

「寿太郎が犬助けをな……追いつめられた若駒も何も言わずに助けたか……お

吉、おめえのまわりは鉄火《てっか》な女ばかりだな。いや、女はみな鉄火か!?」

そのまま立ち上がり、馬琴は部屋を出ていく。ふすまを閉める直前、吉を見た。

「ったくあぶねえことばっかりしやがって。命あってのものだねだ。……まずはめでたしということで」

ぴしゃりとふすまが閉まる音が続いた。

すみの絵は相変わらず描き直しばかりだ。一連のことで、吉に一日置いたのもつかのま、すぐにまた元の文句たれに戻ってしまった。

けれど、吉は以前のようにすみに腹が立たなくなっている。

吉が橋場の自身番にいたとき、風香堂の光太郎や真二郎だけでなく、風香堂から連絡を受けた松五郎や民も心配して、駆けつけてくれた。

でもすみはあの日も、ひとりで帰っていった。長屋に一緒に住んでいる祖母に連絡したものの、誰も迎えには来なかった。

送っていくといった光太郎や真二郎に、すみは首を横に振った。

「いいです。いつだってあたしひとりですから。へっちゃらですから」

妙に明るい声でいって踵《きびす》を返し、夜の中に消えていった。

赤ん坊のときに父親を病気で亡くし、母親はすみが三つのときに男と出ていき、以来、父方の祖母と暮らしているという。

祖母はうちわ張りの内職ですみを育てた。すみもまた、物心ついたころから、拾った釘や鉄くずを屑屋《くずや》に売ったり、落ち毛や切った毛を髢屋《かもじや》に売るなどして家計を助けた。十歳のころからは祖母が張ったうちわに絵を描くようになったが、暮らしはかつかつで、いつもすきっ腹を抱えていたという。

祖母と孫娘がふたりだけで生きるのは容易ではない。

不幸な出来事が起きたり恵まれない状況になったとき、落ち込んで愚痴《ぐち》をいう人がいれば、人のせいにして世の中を恨《うら》む人もいる。仕方がないとあきらめる人もいれば、それも人の世と腹をくくる人もいる。

すみは自分の不幸をずっと怒ってきたのではないかと、吉は思う。

すぐに不貞腐《ふてくさ》れて言い訳ばかりするすみには、いらいらさせられることも多いけれど、吉はすみとちゃんと向き合おうと思いはじめていた。ばっさり切り捨てなければならないほど、すみは悪いことをしでかしていない。

しかし、すみが、ことあるごとにたつを口汚《くちぎたな》くけなすことだけには、閉口《へいこう》させられていた。

あの事件があった翌日、風香堂の主・光太郎をはじめ吉、真二郎、すみが揃って、たつにお礼を述《の》べに出羽屋を訪ねた。

そこでたつと七之助が翌月、夫婦になると聞かされたとたん、すみはたつに対して悪口雑言《あっこうぞうごん》を繰り返すようになったのだ。

「七之助さんたら……何を血迷って、男女《おとこおんな》みたいな百貫デブを……信じらんない。おたつさん、おまけに子持ちでしょ。……蓼《たで》食う虫も好き好き、あばたもえくぼっていうけど、あんまりだわ」

「縁《えん》は異《い》なもの、っていうじゃない」

「お吉さんはおたつさんの仲間だから、そういうんでしょうけど」

「仲間って？」

「釣り合う背の男はめったにいないじゃないですか」

人が気にしている背の高さのことをずけっと口にして、せいせいしたような顔をしているすみを見ると、吉も肝《きも》が焼けて、むっとしてしまう。

それでも、いつか、すみと手をつなぎ、歩けるような気もする。

橋場で女たちを助けに蔵に行くとき、すみは、「ひとりにしないでっ」といって吉とたつを追いかけてきた。固くこわばったすみの気持ちが、一緒に仕事をする中で、ゆっくりほどけてくれればいいなと思っている。

「お、今日のお茶うけはカステイラか。若駒から届いたって？　気が利《き》くじゃねえか」

吉が差し出した湯飲みとカステイラがのった皿を見て、光太郎が機嫌のいい声を出した。

明日は、薬番付の売り出しと決まっている。薬屋だけじゃなく、小間物屋などにも番付を置いて売ってもらう算段も取りつけ、光太郎は大張り切りだ。

吉は自分の机に戻ると、カステイラを一切れ口にふくんだ。生地が口の中でほぐれ、甘さがふわっと広がっていく。卵の香りがふっと鼻に抜ける。しみじみおいしい。

吉は最後に皿に残ったカステイラのかけらをつまんで口に入れた。吉の顔に微笑が広がる。見栄えは良くないが、カステイラは切れ端やこぼれたかけらの味が濃いと吉は改めて思った。できることならカステイラの切れ端を皿に山盛りにして食べたいくらいだ。

「こんな顔して、お菓子を食べる人、いるんですね」

吉の顔を覗き込んで、すみがぷっと噴き出した。

「まったく、カステイラを作ったやつに、見せてやりたいぜ」

光太郎がげらげらと笑う。

絹や真二郎までこらえきれずに笑い出した。

「うるせいぞ。何、大声で笑ってんだ。二階！　仕事しろ、仕事！」

下から清一郎の怒鳴《どな》り声が聞こえた。すかさず、光太郎が怒鳴り返す。

「うるせいって声がうるせぇや！　人に構わず、自分の仕事をしろってんだ。この唐変木《とうへんぼく》」

「ああやだやだ。もうろく爺《じじい》がしわがれ声、張り上げやがって」

いつもの親子のやり取りが続く。

冨八と新富の抜け荷の件は、一階の清一郎たちが風香堂の名前を隠して刷り上げ、菅笠《すげがさ》を深くかぶった売り子がひそかに売り歩くことになった。

問題は書き手だった。

清一郎は安い朝鮮人参の調査をしていた一階の書き手に書かせると言い張り、光太郎はぎやまんの話もからめて吉に書けといい、絹は最初に朝鮮人参の値段のおかしさに気付いた自分が書くと譲《ゆず》らず……結局、一歩も引かない絹に清一郎も光太郎も根負けし、絹が見事に書き上げた。

その売り上げは上々で、絹は鼻高々。一階の男たちのさらなる反感を買っている。

町のいたるところから鉦《かね》や太鼓、笛の音が聞こえている。神田明神の祭りを控え、祭りばやしの稽古も最高潮なのだ。吉は筆を止めた。祭りに行ったら、お団子を食べて、水飴《みずあめ》を買い、おせんべいを食べて……。

「今、菓子を食ってる心持ちになってただろ」

通り過ぎざま真二郎にいわれ、それがあたっていただけに、吉はあせって両手を顔にあてた。

「わかります？」

「わかるさ。団子にせんべい、水飴か？」

「え、なんで？」

「顔に書いてある」

真二郎はそういい残してすたすたと階段を下りていく。

そのとき、下から吉を呼ぶ声がした。

吉が下りていくと、出羽屋のおかみ・真砂の使いが書状を持って来ていた。

浅草買い物案内の件で、真砂が浅草通の友人知人に声をかけると、ほかにもさまざまな店があがってきたという。ついてはそのことで、一度、出羽屋においでいただきたいということだった。

「旦那さん。今から浅草の出羽屋さんに、行ってきていいでしょうか?」

「ん? 買い物案内の店はだいたい聞き取りが終わったんじゃねえのか」

吉は真砂の手紙が届いたというと、光太郎が顎をつるりとなでた。

「店の追加か?」

「はい。なんでも、料理屋や絵草紙《えぞうし》屋、船宿のおかみさん、柳橋の売れっ子芸者や常磐津《ときわず》のおっ師匠《しょう》さんにも聞いてくださって、そちらからまたお店があがってきたっていうんです」

腕を組んでう〜むとうなっていた光太郎が顔を上げる。

「お吉! ただの『浅草買い物案内』じゃなく、なにか前につけるか。浅草を知り尽くした女だからわかる? 浅草小町が通う? だめだ。いや、浅草小町は使えるか!?」

「小町って……教えてくれるおかみさんたちは、みんな年増《としま》ですよ」

「昔はみな、小町だ。……『決定版、浅草小町が教える 浅草買い物案内』で、どうだ！　読みたいって気になるじゃねえか。売れるぞ、こりゃ」

「そ、そうですね……なんか特別な案内って気がします」

「となったらお吉。さっさと出羽屋に行って話を聞いてこい。あ、なんか手土産、持ってけよ」

「は、はい」

あわてて階段を下りる吉の背中に、すみと光太郎のやりとりが追いかけてくる。

「旦那さん、私もお吉さんと一緒に浅草に行っていいですか」

「何、寝ぼけたことぶっこいてやがんだよ。おすみ、おめえの仕事は終わってねえだろ」

「ええ〜っ」

「遅れてんだ。さっさと仕上げろ、まったく」

外に出ると、風が吹いていた。銀杏《いちょう》の木から盛大に落ち葉が舞い散っている。紅葉の赤が秋の日に照らされ、目にしみるようだ。

木々は春に芽を出し、葉を茂らせ、秋になれば赤や黄色に色づき、葉を落とす。眠りにつくように裸木《はだかぎ》で冬を過ごし、春になればまた芽を出す。

人もまた、朝になれば起き、ご飯を食べ、働き、夜になれば眠る。ひとつ仕事を仕上げれば、また新たな仕事にかかる。銀杏の黄色や、紅葉の赤が去年よりいっそう美しく見えるのは、吉がそんな人の営《いとな》みや自然の理《ことわり》に気付いたからだろうか。

「お吉、どこへ行くんだ?」

振り向くと、真二郎が日本橋の欄干《らんかん》にもたれて立っていた。

「ちょっと浅草まで。買い物案内のことで出羽屋さんが新しいお店をご推薦くださるって話が来て」

「また、浅草か。ご苦労だな」

「ううん。嬉しいんです。浅草はいつ行っても楽しいし。買い物案内にこれぞという店が増えれば、お客さんにもっと喜んでもらえると思うし……真二郎さんは何をなさってるんですか」

「おもしれえものがねえか、町を歩きながら探してんだ」

「見つかります?」

「見つける」

二人並んで歩き出した。